1620
1714
———
ana
104
72
8

ORAISONS
FUNEBRES

COMPOSE'ES

Par Meffire ESPRIT FLECHIER
Evêque de Nifmes.

TOME SECOND.

D. Vrbain A PARIS, De Paris Cap.

Chez ANTOINE DEZALLIER, ruë faint
Jacques, à la Couronne d'Or.

M. DC. LXXXXI. pour

Avec Privilege de Sa Majefté.

Les capucins de St Honoré

TABLE
DES ORAISONS
Funebres.

Fin de la Table.

á ij

ORAISON FUNEBRE
DE
MARIE TERESE
D'AUSTRICHE,
REINE DE FRANCE
ET DE NAVARRE.

Prononcée à Paris le 24. jour de No-
vembre 1683. en l'Eglise des Re-
ligieuses du Val-de-Grace, où son
Cœur repose.

En presence de Monseigneur le
D AUPHIN, de Monsieur, de
Madame , de Mademoiselle , &
des Princes & Princesses du Sang.

ORAISON FUNÈBRE
DE
MARIE TERESE
D'AUSTRICHE,

REINE DE FRANCE ET DE NAVARRE.

Fundamenta æterna fupra petram
folidam , & mandata Dei in corde Mulieris fanctæ. *Eccli. 26.*

Les fondemens éternels fur la pierre folide &
ferme, & les Commandemens de Dieu font
dans le cœur de la Femme fainte. Au livre
de l'Ecclefiaftique , chap. 26.

ONSEIGNEUR,

Au milieu de ce funébre appareil , dans ce Temple facré

Tome II.   A ij

où la Mort amaſſe de grandes
dépoüilles , à la veûë de ce
triſte Cercueïl, & de ce Cœur
Royal qui n'eſt plus que cendre , vous penſez peut - eſtre
que je dois vous entretenir de
la fragilité & du neant des grandeurs humaines.

L'Eſprit de Dieu nous ap-
prend dans ſes Ecritures, qu'il
faut déplorer le ſort des Pecheurs. Leur vie paſſe comme
l'ombre ; il vient un jour fatal où periſſent toutes leurs
penſées : leur mémoire fait un
peu de bruit , & va ſe perdre
dans un ſilence éternel. Les
biens qu'ils ont acquis, écha-
pent de leurs mains avares ;
leur gloire ſéche comme l'herbe ; leurs couronnes ſe flétriſ-
ſent, & tombent preſque d'el-

Pſal. 143.
Pſal. 145.
Pſal 9.

Pſal. 75.

Pſal. 89.

2. Corint. 9.

les-mesmes. Il est vray. Ce qui
sert à la vanité, n'est que vanité; & tout ce qui n'a que le
Monde pour fondement, se dis-
sipe, & s'évanoüit avec le
Monde.

Mais le mesme Esprit de
Dieu nous enseigne que la grandeur est solide quand elle sert *Apoc. 4.*
à la piété. Il y a des Couron-
nes qu'on jette aux pieds de
l'Agneau, des Richesses qu'on
répand dans le sein des Pau- *Joan. 18.*
vres, un Royaume qui appar-
tient à JESUS-CHRIST & qui
n'est pas de ce Monde, une *Galat. 6.*
gloire qu'on tire de la Croix
mesme du Sauveur, & une éle-
vation des Justes qui demeure *Eccli. 17.*
éternellement, parce qu'elle est
fondée sur la pierre; & cette *Psal. 110.*
pierre, selon l'Apostre, c'est *1. Corint. 10.*

noſtre Seigneur JESUS-CHRIST.

Je ne viens donc pas icy vous
deſabuſer des grandeurs humaines , mais vous montrer le
bon uſage qu'on en peut faire.
Ce n'eſt pas mon deſſein de
vous émouvoir par mon diſcours , mais de vous inſtruire
par des exemples ; & je vous
exhorte aujourd'huy non pas
à pleurer une Reine , mais à
Ephes. 4. imiter une Sainte. C'eſt ainſi
que Saint Paul appelloit autre-
Philip. 5. fois les Chreſtiens ; & c'eſt ain-
&c. ſi que j'appelle TRES-HAUTE ,
TRES-PUISSANTE, TRES-
EXCELLENTE , TRES-RE-
LIGIEUSE PRINCESSE MARIE
TERESE , INFANTE D'ESPAGNE,
REINE DE FRANCE ET
DE NAVARRE, qu'une pié-
té ſans interruption & une fi-

délité conftante à obferver la Loy de Dieu ont rendu digne d'eftre louée à la face de fes Autels , par les Miniftres de fon Evangile.

Quand on a pour matiére de ces fortes d'Eloges une de ces Vies mondaines dont on ne peut louër que la fin, & où le Chriftianifme eft réduit à quelques actes de Religion faits dans le cours d'une maladie : qu'il eft difficile qu'on ne flate la vanité, ou que du moins on ne l'épargne ; qu'on ne confonde la Fortune avec la Vertu , & qu'on ne jette fans y penfer quelque grain de l'encens que l'on doit à Dieu fur le Monde qui n'eft qu'une Idole ! Malheur à nous , fi nous louons ce que Dieu n'a pas approuvé , fi nous confacrons fans difcernement ces victimes purifiées à la hafte fur le point de recevoir le coup mortel, & fi nous excufons des années de vanité, en faveur de quelques jours de penitence !

Graces à J e s u s - C h r i s t , je fuis aujourd'huy à couvert de ces difficultez & de ces craintes. Je parle d'une Reine que le Ciel avoit prévenuë de fes benedictions, & dont la vertu ne s'eft jamais ni démentie ni relafchée. Sa vie a efté une préparation continuelle à bien mourir , & fa mort eft pour nous une exhortation à bien vivre. Quelque endroit de fes actions que je touche, tout eft vertu, tout eft piété. Intrigues de Cour, Affaires du monde,

Raifons d'Eftat, vous n'avez point icy de part ; & c'eft la grandeur de mon fujet d'eftre renfermé dans une vie toute Chreftienne. La conduite de Dieu fur la Reine, la conduite de la Reine à l'égard de Dieu ; ou pour divifer mon difcours par les paroles de mon Texte, les deffeins de Dieu, fondemens éternels de la piété de cette Princeffe, accomplis en elle, les Commandemens de Dieu gravez dans fon cœur & mis en pratique, font toute la matiere de fon Eloge. *Funda-menta æterna fupra petram folidam, & mandata Dei in corde Mulieris fanctæ.* Je ne dis rien que fon Cœur que nous voyons icy, n'ait reffenti. Je ne crains pas de mefler ſes louanges au Sacrifice qu'on offre pour elle , & je prends ſur l'Autel tout l'encens que je bruſle ſur ſon Tombeau.

I. PARTIE. Quoy-qu'il n'y ait point devant Dieu de difference de perſonne ou de condition , & que ſa Providence veille indifféremment ſur tous les hommes , l'Ecriture Sainte nous enſeigne pourtant qu'il a des ſoins particuliers de ceux qu'il porte ſur le trône, & qu'il met à la teſte de ſon peuple. Ce ſont ſes créatures les plus nobles , reveſtuës de ſa puiſſance & de ſa grandeur , & faites proprement à ſa reſſemblance & à ſon image. Il les conduit par ſon Eſprit , il les fortifie par ſa vertu , il les couronne dans ſes.

Pſal. 104.

Pſal. 17.

Pſal. 102.

Proverb. 21.

mifericordes. Il tient leurs cœurs entre fes mains , & les tourne comme il luy plaift , afin qu'ils fervent à l'accompliffement de fes volontez , & à l'avance- ment de fa gloire. Reconnoif- fons, MESSIEURS, cette pro- rection & cette conduite de Dieu fur la Reine.

Elle eftoit d'une Maifon au- gufte qui remplit plufieurs trô- nes à la fois , qui donne de- puis long-temps des Empe- reurs , des Rois & des Reines à toute l'Europe , & qui re- garde la Gloire & la Pieté comme fes biens héréditaires. Elle eftoit fille de ces Rois, qui par la force des armes , par la prudence des confeils, ou par le droit des fucceffions ont réuni plufieurs Couronnes

en une ſeule, qui portent leur
domination au-delà des Mers
& des Monts, qui ſe font obéïr
dans l'ancien & le nouveau
Monde, & dont la puiſſance
s'étend ſi loin, qu'ils gemiſſent,
pour ainſi dire, ſous le faix de
tant de Provinces & de Royaumes, & que leur grandeur même leur eſt à charge. Mais ce
qui relevoit ſa naiſſance, c'eſt
qu'elle la devoit à une fille de
Henry le Grand, & que le
Sang de nos Rois, ce Sang le
plus noble & le plus pur qui
ait jamais coulé dans aucune
Maiſon Royale, eſtoit heureu-
ſement meſlé au Sang d'Auſtri-
che & de Caſtille.

Le Ciel n'avoit mis enſemble tant de grandeur, qu'afin
de couronner la modeſtie de

cette Princesse. Elle ne se laissa pas éblouïr à tout cét éclat. Au dehors Reine magnifique, au dedans humble servante de JESUS-CHRIST ; portant sur son visage la majesté de tant de Rois dont elle tiroit sa naissance , conservant dans son cœur l'humilité du Fils de Dieu , d'où dépendoit toute sa vertu : elle voyoit dans la suite de ses Ancestres non pas ce qui l'anoblissoit devant les hommes, mais ce qui pouvoit la sanctifier devant Dieu, dans le sein duquel elle alloit chercher & sa fin & son origine.

Aussi l'on ne l'ouït jamais se glorifier que de la qualité de Chrestienne. On la vit souvent s'abbaisser & se dérober à sa dignité , pour se jetter aux

pieds des Pauvres : & fi des
yeux mortels pouvoient percer
ces voiles qui couvrent au dedans de nous les operations de
la Grace , & les fentimens de
nos confciences , on l'auroit
veûë établir au dedans d'elle
le Regne de Dieu felon les
regles Evangeliques , planter
la croix de JESUS-CHRIST
fur un tas de fceptres & de
couronnes , recevoir le fang
du Sauveur pour purifier le
fang de fes Peres , effacer les
titres de fa Maifon pour y gra-
ver ceux de fon Baptefme ; &
dans ce Cœur où le menfonge
& la flaterie n'oferent jamais
approcher pour luy donner une
fauffe gloire , écouter la verité
qui luy apprenoit fes devoirs , &
qui luy montroit fes foibleffes.

Luc. 17.

Quoy-que Dieu par sa Grace eust formé de si saintes inclinations dans son ame , il voulut qu'elle s'aidast des instructions & des exemples d'une Mere , qu'une sincere pieté , une tendresse respectueuse pour son époux , une bonté officieuse & liberale pour ses sujets, un courage masle dans les pressans besoins de l'Estat, & une sage patience dans les peines & les tribulations domestiques, avoient renduë vénérable & à l'Espagne où elle regnoit , & à la France d'où elle estoit sortie:

Ce fut d'elle que cette jeune Infante apprit ces premiéres régles de la sagesse chrétienne : Qu'il faut rendre à Dieu , par reconnoissance , ce que nous tenons de sa bonté ; Que le bonheur des Riches ne consiste pas dans le bien qu'ils ont , mais dans le bien qu'ils peuvent faire ; & que parmi tant de choses vaines & superfluës qui environnent les Grands du monde , ils doivent regarder leur salut comme la seule necessaire. C'est ainsi qu'on l'accoûtumoit dans son enfance à craindre Dieu & à l'aimer ; & l'on peut dire d'elle ce que l'Ecriture a dit d'une autre Reine, qu'elle ne changea pas son éducation. *Et non mutavit Esther educationem suam.*

Esth. c. 2.

Providence éternelle , c'étoit pour nous que vous formiez ce cœur Chrestien. Vous conduisiez ces deux Princesses à vos fins par des voyes secrettes ; & pour partager vos faveurs aux deux premiers Royaumes du monde , vous vouliez que la Fille vinst comme restituer à la France tant de vœux & tant de vertus que la Mere avoit portez à l'Espagne.

Le Ciel fit naistre en mesme temps , & faisoit croistre sous une pareille éducation , le Roy dont la naissance miraculeuse promettoit à tout l'Univers une vie pleine de miracles. On voyoit avec joye avancer le jour heureux de cette auguste Alliance : les nœuds en estoient serrez dans l'Eternité ; & par des droits secrets que le Ciel avoit décidez , la Princesse du monde la

plus parfaite appartenoit déja au plus grand des Rois. Ils
travailloient , fans y penfer ,
à fe plaire , & à fe meriter
l'un l'autre. Louis recueïlloit dans fon efprit ces grands
principes qui compofent l'Art
de regner, qu'il exerce avec
tant de gloire. Terese s'a-
vançoit dans la connoiffance
des vertus chreftiennes qu'elle a pratiquées avec tant d'é-
dification. En l'un la prudence
& le courage fe fortifioient infenfiblement par l'experience :
en l'autre la modeftie & la
piété s'entretenoient par la
priere. Dieu donnoit au Roy
fa juftice & fon jugement pour
le gouvernement de fon Peuple , à la Reine fa mifericorde & fa charité pour le fou-

lagement des pauvres. L'un nourri dans ses Camps & dans ses Armées commençoit à prendre cette glorieuse habitude qu'il a de vaincre : l'autre élevée aux pieds des Autels, s'accoûtumoit à faire des vœux pour des victoires. Tel fut le soin que le Ciel prit, dans deux climats différens, de ces deux grandes Ames qu'il devoit rassembler un jour ; & tels estoient dans les desseins éternels de Dieu, les préparatifs de cette Puissance qui fait aujourd'huy la terreur, l'admiration, ou la jalousie de toutes les autres.

La destinée du Monde entier estoit liée à celle de cette Princesse. Chacun croyoit voir en elle la fin des miseres

publiques & particulieres ; &
les Peuples la regardoient comme cét Ange de l'Apocalypfe

Apoc. c. 10.

envoyé de Dieu fur la terre,
l'Arc-en-ciel fur la tefte, pour
marquer la paix & les mifericordes du Seigneur , & le vifage comme le Soleil , pour
diffiper les nuages qui cou-
vroient toute la face de l'Europe, & pour allumer dans le
cœur d'un jeune Roy victorieux , des feux plus doux &
plus purs que ceux de la guerre. Cette gloire luy avoit efté
réfervée, MESSIEURS , & c'é-
toit uniquement à fes vœux que
devoit s'accorder une paix ferme & générale.

*La paix de
Munfter,*

La France l'avoit defirée ,
mefme dans fa profpérité. Une
Reine alors Régente l'offroit

aux hommes, aprés l'avoir de-
mandée à Dieu. Sacrez Au-
tels, vous le sçavez : des troupes de Vierges Chrestiennes
employées pour l'obtenir re-
doublerent leurs oraisons, &
les Prestres de Jesus-Christ
en firent une partie des vœux
de leurs Sacrifices. Qui n'eust
dit que tous les Princes al-
loient l'accepter, les uns en-
nuyez de leurs pertes, les autres lassez de leurs victoires,
& que rien ne pouvoit retarder un Traité où la Justice &
la Religion avoient tant de
part, & où chacun devoit trouver sa consolation ou son avantage ?

Mais Dieu ne juge pas comme nous jugeons : le jour de
sa paix & de sa misericorde n'é-

toit pas encore arrivé. Les paſſions des particuliers oppoſées
au bien commun, les difficultez ſurvenuës dans ce grand
nombre d'intrigues & de partis, les négotiations traverſées
par la mauvaiſe foy des uns ou
par l'impatience des autres, &
l'accord à peine conclu entre
la France & l'Allemagne, firent voir que la paix n'eſt pas
un bien que le Monde don-
ne, & que Dieu qui l'accorde
quand il luy plaiſt, & comme
il luy plaiſt, ſe réſervoit à la
donner par l'entremiſe de nôtre Princeſſe.

Ce fut en effet, MESSIEURS,
la premiére bénédiction de ſon
mariage. Repreſentez-vous
cette Iſle fameuſe où deux hommes chargez des intérêts &

du destin des deux Nations faisoient valoir leur habileté à disputer les droits des Couronnes ; & tantost se soustenant avec grandeur , tantost se relaschant avec prudence , joignant l'adresse & la persuasion à la justice ou à la conjoncture des affaires, aprés avoir déployé tous les secrets de leur politique, conclurent enfin cette bienheureuse Alliance : Alliance qui fut pourtant l'ouvrage de la Providence de Dieu, & non pas le fruit des travaux & de la sagesse de ces grands Hommes. Quel fut ce jour heureux qu'on la vit sortir , comme la Colombe de l'Arche, de ce petit espace de terre que les flots respecteront éternellement, pour annoncer

aux Provinces leur felicité, &
porter par tout où elle paſſoit
la paix & la joye dans les cœurs
des Peuples ! Quel fut ce triomphe, lors qu'environnée de la
gloire de ſon Epoux & de la
ſienne propre, elle nous parut
par ſa modeſtie comme un Ange de Dieu parmi les acclama-
tions & les feſtes de cette Ville
Royale !

Trompons, ſi nous pouvons,
noſtre douleur, MESSIEURS,
par le ſouvenir de nos joyes
paſſées ; & nous élevant aux
grandeurs inviſibles de Dieu,
par les grandeurs viſibles des
Creatures, formons-nous une
légére idée de la gloire dont
elle joüit, par la gloire où
nous l'avons veûë. Mais elle
avoit bientoſt paſſé, cette gloire.

re. Autant d'hommages qu'on rendoit à son rang ou à sa vertu, estoient autant d'offrandes qu'elle faisoit intérieurement à JESUS-CHRIST crucifié ; & l'impatience où elle estoit de se cacher dans quelque paisible & sainte retraite, pour y vaquer à la priére, marquoit assez combien les applaudissemens & les vaines louanges des hommes luy étoient à charge.

Ses premieres occupations furent d'aller d'église en église reconnoistre Dieu par tout où il veut estre adoré. Sous la conduite d'une Reine qui luy servoit de Mere par sa tendresse, & de Guide par son experience, & qui déchargée du poids du gouvernement,

& libre des foins & des dif-
tractions des affaires , n'avoit
plus de penfées que pour le
Ciel & pour fon falut : fous
ces aufpices , dis-je , on la vit
dans tous les lieux faints con-
facrer les prémices de fon Regne , & mettre au pied de
chaque Autel la plus belle
Couronne du monde. C'eft
dans cette fainte Maifon qu'elles venoient s'unir par la foy
& par la charité , plus étroitement qu'elles n'eftoient u-
nies par le fang & par la nature ; rafermir par leurs vœux
la paix quand elle eftoit chancelante ; attirer les lumiéres
de Dieu fur le Roy , & fes
bénédictions fur le Royaume.

Vierges de JESUS-CHRIST

qui m'entendez, rappellez ces jours heureux en voftre memoire. Le zele que vous avez pour voftre Epoux vous faifoit voir avec plaifir ces Majeftez humiliées en fa prefence ; & l'ardeur de leurs oraifons vous fervit fouvent de motif pour renouveller la ferveur des voftres. Vous viftes ces Maiftreffes du monde vivre parmi vous comme vous qui l'avez quitté, chanter les Cantiques du Seigneur, fe mefler dans vos exercices de penitence, faire dans ce defert un Sacrifice des plaifirs & des joyes du fiecle, & répandre leurs cœurs devant Dieu ; ces Cœurs qui l'aimerent pendant leur vie, & que vous voyez icy deffechez & confumez moins par la mort que par le defir & l'impatience qu'ils ont d'eftre ranimez pour l'aimer éternellement.

Ne croyez pas qu'il entraft ni oftentation, ni raifon humaine dans la Religion de cette Princeffe. Elle fe propofa, non pas de fervir de fpectacle au Peuple, ou de fe faire d'abord une réputation de piété par ces dévotions exterieures qui font ordinaires à fa Nation, & qui ne s'établiffent que trop dans la nôtre ; mais d'aimer Dieu dans la fimplicité de fon cœur, d'accomplir fes devoirs, & de donner de bons exemples. Un air de fageffe & de verité, répandu dans toutes les actions de fa vie, marquoit la pureté de ses intentions. La modestie de son visage répondoit de la sincérité & de la bonté de son cœur ; & sa perseverance dans la piété faisoit voir qu'elle estoit fondée sur la charité & sur la grace de JESUS-CHRIST, & non pas sur les jugemens & sur l'approbation des hommes.

Ce n'est pas qu'elle ne se crust redevable aux hommes. C'est à tous les Chrestiens que JESUS-CHRIST a commandé dans son Evangile de faire des fruits de penitence & de justice, afin de s'édifier les uns les autres par les bonnes œuvres qu'ils font, & de s'exciter à glorifier le Pere celeste qui leur donne la force & & la volonté de les faire.

Ut videant opera vestra bona, & glorificent Patrem, &c. Matth. 5.

B iij

Mais ce commandement regarde fur tout les Rois de la terre : ils font plus élevez, & leurs actions font plus remarquables ; ils ont plus d'autorité, & leurs exemples font plus efficaces ; ils tirent leur grandeur de Dieu, & ils doivent fervir à fa gloire.

Telle fut la Reine dans tout le cours de fa vie. Dieu l'avoit élevée fur le Trône, afin qu'elle honoraft fa Religion ; unie au plus grand Roy du monde, afin que fa vertu fuft plus regardée ; établie dans un Royaume où la communication plus libre des Rois avec leurs fujets fait qu'on perd moins de leurs bons exemples. Elle fuivit fa vocation ; & jamais vie ne fut plus pure,

plus réguliére , plus unifor-
me, plus approuvée. Eſt-il é-
chapé quelque indiſcretion à
ſa jeuneſſe ? Sa beauté n'a-
t-elle pas toûjours eſté ſous la
garde de la plus ſcrupuleuſe
vertu ? A-t-elle aimé qu'on
la louaſt contre la verité , ou
qu'on la divertiſt aux dépens
de la charité Chreſtienne ? A
quelle eſpéce de ſes devoirs,
publics ou particuliers, de religion ou domeſtiques , a-
t-elle manqué ? Quelle liberté
s'eſt-elle donnée qui puſt , je
ne dis pas meriter une cenſure, mais ſouffrir une mauvaiſe
interpretation?

La crainte de Dieu regloit
toutes ſes actions , & la mé-
diſance n'eût jamais ni le ſujet ni le courage d'en parler :

Judith, c, 8. *Timebat Dominum valdè, nec erat qui loqueretur de ea verbum malum.* Louange que l'Ecriture donne à Judith, plus grande encore en ce temps où il y a ſi peu de réputations innocentes & irreprochables, & à la Cour où la malice ne pardonne rien à la foibleſſe, & où l'innocence meſme ſe ſauve difficilement des ſoupçons & des mauvais bruits.

La Providence ſe ſervit d'elle, pour donner aux uns l'envie de leur perfection, pour oſter aux autres les prétextes de leur négligence. Combien d'Ames timides a-t-elle encouragées par ſa profeſſion publique de dévotion, & par les marques viſibles de la miſericorde de Dieu ſur elle ?

Combien de fauſſes vertus a-
t-elle redreſſées par les regles qu'elle preſcrivit à la
ſienne ? Combien de deſor-
dres a-t-elle arreſtez moins
par la force de ſes corrections,
que par la perſuaſion de ſon
exemple ?

Il eſt vray que tout le poids
de l'autorité , & toute la
grandeur de l'Eſtat eſt en la
perſonne des Rois : mais on
peut dire que la diſcipline
des mœurs , & le ſuccés de
la piété dans la Cour eſt en
la perſonne des Reines. C'eſt
autour d'elles que ſe range &
que ſe réünit ordinairement
tout l'eſprit du ſiecle , le deſir de plaire , l'envie de par-
venir , le plaiſir de voir &
d'eſtre veûë. C'eſt là que ſe

B v

Tela nequif-
fimi ignea.
E, b 6.

forgent ces traits de feu, felon les termes de l'Apoftre,
dont l'ennemi fe fert pour allumer les paffions dans ces
Ames vaines qui font les ido-
les du Monde , & dont le
Monde luy-mefme eft l'idole.
C'eft là que s'apprennent tous
les ufages du luxe , de la vanité , de l'ambition & de la
délicateffe ; que fe forment
ces paffions qui font mouvoir
toutes les autres ; & que par
un commerce fatal au falut des
Ames, les uns fe font un art
de féduire , & les autres une
gloire d'eftre féduits. Comme
le vice eft contagieux , il fe
répand de-là dans les regions
inférieures des Royaumes: on
fe fait des modeles de ces déréglemens de mœurs ; & par

une fuite funefte , mais naturelle , les pechez mefmes des
Grands deviennent les modes
des peuples , & la corruption
de la Cour s'établit enfin
comme politeffe dans les provinces.

Jufqu'où vont ces excés ,
quand une Princeffe mondaine les entretient , ou les au-
torife ? Qui ne fçait que
l'efprit du fiecle eft un poi-
fon , qui s'enflame , & fe di-
late par de tels exemples. Et
quelle efperance de falut peut-
on avoir dans un lieu qui devient le centre de la vanité ,
le regne des mauvais defirs ,
le fejour des tentations , & le
païs de l'Idolatrie ?

La Reine , Messieurs ,
fanctifia fa Cour en fe fancti-

fiant elle-meſme. Pour eſtre
appellée auprés d'elle , il ne
ſuffiſoit pas de la ſuivre , il
falloit auſſi l'imiter dans ſes
pratiques de piété. La ſageſſe
& l'ordre y regnoient par
tout : la pudeur y eſtoit plus
eſtimée que la beauté ; & la
vertu y trouvoit plus de credit que la fortune. Méditer
les ſacrez Myſteres , aſſiſter
au Saint Sacrifice , écouter la
parole de Dieu , reciter les
priéres de l'Egliſe : c'eſtoient
les occupations de chaque
journée. La viſite extraordi-
naire d'un hoſpital dans des
neceſſitez preſſantes , un voya-
ge de dévotion pour honorer
la feſte d'un Saint, une retraite dans un monaſtere pour y
faire une reveûë de ſa con-

fcience : c'eftoient les affaires que fa Religion & fa Charité luy faifoient regarder
comme importantes. Ceux qui
par leur rang ou par leurs
devoirs avoient l'honneur de
l'approcher, eftoient touchez
de ces bons exemples ; & le
Peuple qui la voyoit dans fes
dévotions , & dans quelles
dévotions ne la vit-on pas ?
l'admiroit, la beniffoit, & l'i-
mitoit.

Ne vous figurez pas pour-
tant, MESSIEURS, que cet-
te Reine, quoy-que toute occupée de fon falut, n'ait point
eû de part aux évenemens &
aux affaires du fiecle. Elle y
a eû toute celle que la Providence luy avoit deftinée. Je
ne parle pas de ces foins &

de ces craintes cruelles , qui
firent si souvent porter à son
cœur le poids de tant de difficiles entreprises. Je ne parle
pas de cette Regence , qui
dans son peu de durée ne laissa pas de faire voir les lumiéres qu'elle recevoit de Dieu ,
& la confiance que le Roy
son Epoux avoit en elle. Je
parle de cette piété , qui fut
la source des prosperitez cons-
tantes, & souvent mesme ines-
perées de ce Royaume. Je ne
crains point de diminuër la
grandeur des actions du Roy:
ce Prince veut bien partager
sa gloire avec la Reine , &
joindre ce que le Ciel a fait
par luy , à ce que le Ciel fit
pour elle. S'il meditoit en se-
cret ses grands & impenetra-

bles desseins, la Reine invo-
quoit cette sagesse éternelle
qui préside au conseil des
Rois. Si la victoire voloit devant luy, les vœux de la Reine
avoient volé devant la victoire. S'il marchoit au milieu
des hivers, l'oraison de cette
Princesse pénétroit les nuës,
pour luy préparer les saisons.
S'il combatoit les ennemis,
elle levoit ses mains innocentes vers le Ciel ; & nos Armées s'échaufoient plus de
l'ardeur de sa priére, que
de la chaleur du combat. S'il
s'exposoit luy-mesme aux perils ; Anges de Dieu députez
à la garde du Roy & à la
sienne, combien de fois vous
conjura-t-elle d'accourir, de
veiller, & de luy conser-

ver une Tefte fi chere & fi
précieufe ?

C'eft ainfi que s'accomplif-
foient les deffeins de Dieu &
fur le Roy & fur la Reine ,
& que fe vérifioient ces Oracles de l'Ecriture , *Que la*

Eccl. c. 26. *femme vertueufe eft la récom-*
penfe de l'homme de bien ,

Prov. c. 12. *qu'elle attire grace fur grace*
fur fa famille , & qu'elle eft
la Couronne de fon Epoux.
Les ordres du Seigneur dont
cette Reine eftoit chargée ,
furent les fondemens de fa
grandeur ; & les commandemens du Seigneur qu'elle a-
voit gravez dans fon cœur ,
furent les regles de fa piété.
C'eft ce qui me refte à vous
faire voir.

Quoy-que la piété ait fes
regles & fes principes, & que
felon l'Apoftre, le culte qu'on
rend à Dieu doive toûjours
eftre raifonnable : on peut dire qu'il y a parmi les hommes peu de dévotions fages &
bien conduites. Les uns, fous
les dehors de la vertu ca-
chant les defirs & les affections du fiecle, donnent les
œuvres à la Religion, & gar-
dent le cœur pour le monde.
Les autres, vivant, felon leur
efprit, dans une exceffive fe-
verité, ou dans une molle
indulgence, fe font une dévotion d'humeur & de naturel ; & fe rendant eux-mê-
mes leurs propres guides,
veulent fervir Dieu comme il
leur plaift, & non pas com-

II. PARTIE.

Rationabile
obfequium
veftrum.
Rom. 12,

me il leur ordonne. Plufieurs
quittent leurs devoirs effen-
tiels pour des nouveautez fu-
perftitieufes , & mettent à la
place des Commandemens de
Dieu , les méthodes & les
traditions des hommes.

La Reine s'eft fauvée de
ces defauts , MESSIEURS :
& nous avons veû dans fa
conduite une dévotion folide
& felon les regles , cherchant
les connoiffances neceffaires ,
& fuyant une vaine & dange-
reufe curiofité ; donnant à l'é-
dification du Prochain ce qu'elle devoit à l'exemple , donnant à fa propre fanctification
ce qu'elle devoit à fa confcience ; fe mettant au deffus
de la couftume , quand elle
eftoit contraire à la Loy ; ne

trouvant rien de petit dans la Religion, ni rien de difficile pour fon falut ; attachée à tous fes devoirs comme fi elle n'en euft eû qu'un feul à remplir ; humble fans baffeffe , fimple fans fuperftition , exacte fans fcrupule , fublime fans préfomption ; animée enfin de l'Efprit de Dieu , établie fur fes veritez , & reglée par fes préceptes.

Comme tous ces préceptes fe réduifent à aimer Dieu & le Prochain ; que c'eft à ces deux points que fe rapporte toute la Loy & toute la difcipline des Prophetes ; & que toutes les bonnes œuvres, felon l'expreffion de Saint Auguftin , font l'ouvrage de la feule Charité, parce que c'eft *Auguft. in Pfal. 29.*

d'elle que naiſſent les penſées
pures, & les bons deſirs, &
les actions ſaintes, & que toutes les vertus Chreſtiennes ſont
ou les fruits ou les offices de
celle-là : voyons, Messieurs,
quel fut, ſur ce principe,
l'eſprit & la piété de la
Reine.

Une parfaite docilité d'eſprit & de cœur, un deſir ſin-
cere de ſa perfection & de ſon
ſalut, une intention générale
d'obéïr & de plaire à Dieu :
c'eſtoit-là le fond de ſon Ame.
On exhorte les autres à faire le bien : il ſuffiſoit de le
propoſer à cette Princeſſe.
Vous nous attirez par vos promeſſes, vous nous faites craindre vos jugemens, mon Dieu :
c'eſtoit aſſez de luy faire con-

noiſtre vos volontez ; & ce
que nous faiſons par obliga-
tion & avec peine, elle le faiſoit par ſon inclination & par
voſtre amour.

Nous l'avons veûë ſur un
ſimple avertiſſement , pratiquer à la rigueur toute l'au-
ſterité des jeûnes & des ab-
ſtinences, & ſe priver de cer-
tains adouciſſemens , que les
privileges & les couſtumes de
ſon païs luy avoient fait regarder comme permis, & que
la flaterie luy avoit meſme
conſeillez comme neceſſaires.
Elle receût tous les avis qu'on
luy donna pour ſon ſalut ,
comme autant de loix qu'on
luy impoſoit ; perſuadée que
tout Chreſtien doit obéïr à la
verité., & chercher toûjours

avec JESUS-CHRIST, ce
qui est plus agréable à son Pere. *Quæ placita sunt illi , fa-
cio semper.*

Joan. 8.

De là venoit cette délicatesse de conscience , qui luy
faisoit peser toutes ses actions
au poids du Sanctuaire : de
là ces fréquentes & soigneu-
ses recherches , jusques dans
les replis les plus secrets de
son Ame , pour y découvrir
les moindres desirs que l'esprit du siecle & l'amour propre y pouvoient cacher : de
là ces saintes joyes , ou ces
tristesses salutaires qu'on a si
souvent remarquées sur son
visage à la fin de ses oraisons
& de ses retraites , selon le
plus ou le moins de progrés
qu'elle croyoit avoir fait

dans les voyes de Dieu : de
là ces Confeſſions réïterées,
qui marquoient que dans ſon
cœur contrit & humilié, elle
ſentoit le poids des fautes
meſme les plus pardonnables
& les plus legéres : de là venoit enfin cette loüable impatience de remplir tous les
devoirs de ſon état, & d'é-
tendre ſa Charité au delà même de ſes devoirs.

Ames tiedes qui ménagez
voſtre timide & avare piété,
& qui croyez avoir toûjours
aſſez fait pour voſtre ſalut ;
Ames lâches à qui le peché
peſe moins que la pénitence,
venez icy vous confondre : ou
plûtoſt Ames pures qui portez le joug du Seigneur, &
qui marchez dans les ſentiers

de ſes Commandemens & de
ſes Conſeils , venez vous exciter icy par les exemples d'une
Reine.

Une veüe intérieure de
Dieu luy oſtoit tout le gouſt
des plaiſirs du ſiecle. La figure du monde , dont parle l'A-
poſtre , paſſoit devant ſes
yeux, ſans s'y arreſter ; & dans
ſes divertiſſemens meſmes il y
avoit non-ſeulement de la dignité , mais encore du Chriſ-
tianiſme. Au milieu des jeux
& des aſſemblées où l'Ame ſe
diſſipe & s'évapore ordinairement, la ſienne ſe recueïlloit
en elle-meſme ; & tant d'objets de vanité qui ſe répan-
dent autour des Trônes, é-
toient des ſujets de réflexions
pour ſa pieté , & non pas
des

2. Corint. 7.

des sources de distractions pour
ses priéres.

Avec quel empressement
alloit-elle en effacer jusqu'-
aux moindres idées dans le
fond de son Oratoire, & pre-
senter à JESUS-CHRIST un
cœur tout fait pour l'adorer,
& pour le benir ? C'est là
qu'elle portoit sa reconnoif-
sance & sa joye pour les af-
sûrances de la paix, pour les
bons succés de la guerre.
C'est là qu'elle répandoit ses
larmes & sa tendresse , soit
dans la perte de ses Enfans
que le Ciel luy donna pour
accomplir ses desirs , & luy
osta pour éprouver sa résigna-
tion ; soit dans l'absence du
Roy, lors que l'ardeur de son
courage & les besoins de l'E-

Tome II.   C

tat l'engageoient à ces Expe-
ditions militaires, où il ache-
toit par ſes propres perils ſa
réputation & ſa gloire ; ſoit
dans ces inquiétudes & dans
ces peines ſecrettes , que la
Providence de Dieu , pour le
ſalut de ſes Eleûs, meſle ſouvent aux grandes fortunes.

Mais ne ſondons pas ce qui
ſe paſſoit entre Dieu & elle.
Les gemiſſemens de la Co-
lombe doivent eſtre laiſſez à
la ſolitude & au ſilence à qui
elle les a confiez. Il y a des
Croix dont le ſort eſt de de-
meurer cachées à l'ombre de
celle de JESUS-CHRIST ; &
il ſuffit de dire à la gloire de
cette Princeſſe , que tout ſervit à ſon ſalut , & que le Pere des miſericordes , & le Dieu

de toute confolation qu'elle aima toûjours également, la foûtint & dans les douceurs & dans les amertumes de la vie.

Auffi rien ne la toucha jamais fi fenfiblement que l'intéreft de fa Religion. Quelle Miffion y a-t-il euë, qu'elle n'ait ou affiftée de fon credit, ou entretenuë par fes bienfaits? Quelles converfions a-t-elle apprifes, dont elle n'ait eû la mefme joye que les Anges en ont dans le Ciel, felon la parole de l'Evangile? Dés qu'on oüit gronder l'orage qui vient de fondre fur l'Empire & fur la Hongrie, n'ajoufta-t-elle pas à fes dévotions ordinaires, une heure d'oraifon par jour? Ne dît-

Luc. 15.

C ij

elle pas plusieurs fois, *Qu'é-
tant Chrestienne sur toutes
choses , elle craignoit encore
plus pour sa Religion que pour
sa Maison ?* Et peut-estre que
ce coup du Ciel qui vient de
dissiper ce gros nuage, & d'ar-
racher la Couronne des Empereurs des mains presque des
Infideles, est un effet des in-
tercessions de cette Princesse.

Ce zele qu'elle avoit pour
la Foy de Jesus-Christ , luy
faisoit admirer tout ce que le
Roy fait pour elle. C'estoit-
là comme le centre de cette
vive & constante tendresse
qu'elle nourrissoit pour luy
dans son cœur. Qu'il estoit
grand, & qu'il luy paroissoit
aimable , quand par la sévé-

rité de ses loix il arrestoit la licence & l'impiété ; quand, à l'exemple de ces Princes religieux dont le Saint Esprit a fait l'éloge dans l'Ecriture, il abbatoit les hauteurs , je veux dire les Temples que l'Héréfie avoit élevez fur le débris de nos Autels ; quand il rétablissoit le culte de Dieu dans ses Conquestes , & que marchant fur ces remparts qu'il venoit de foudroyer , il alloit luy offrir pour premier hommage , au pied de ses Autels renouvellez , les lauriers qu'il avoit cueillis ! Quel estoit le cœur de la Reine en ces occasions où l'interest de l'Eglise estoit joint à celuy de l'Estat , & où l'amour de Dieu & l'amour du Roy n'é-

toient prefque qu'une mefme
chofe ;

Que ne puis-je vous la re-
prefenter dans les pratiques
du Chriftianifme ? Quel fpectacle plus édifiant , que de
la voir dans les églifes , &
tres-fouvent dans fa Paroiffe,
plus remarquable encore par
fa vertu , que par fa fuite , fe
meflant aux plus fimples bre-
bis pour entendre la voix du
Pafteur, & ne fe diftinguant
de la foule que par fon humilité, fon recueïllement , &
fon application à la priére !

Sufpendez pour un temps
voftre douleur , fideles & de-
folez Domeftiques de cette
Princeffe , & rendez icy témoignage à la verité. Dés
qu'elle entroit dans la Maifon

de Dieu , n'oublioit-elle pas
qu'elle estoit Reine ? L'avez-
vous veûë distraire sa foy par
un regard curieux , ou par
une parole indiscrette ? Dans
les plus rudes hivers , au milieu des estez bruslans , vous
estes vous jamais apperceûs de
quelque relâchement , ou de
quelque impatience dans la
longueur de ses oraisons ? Ne
fut-elle pas en tout temps é-
galement attentive , immobi-
le , anéantie en elle-mesme ?
Combien de fois la vistes-
vous ramener les Courtisans à
l'exercice de leur foy par les
marques qu'elle donnoit de la
sienne, inspirer des sentimens
de religion aux Ames les plus
déreglées, & les retenir dans
le silence & dans le devoir ,

moins par le refpeét de fa dignité que par l'exemple de fa
modeftie ?

Les évenemens d'une Ré-
gence tumultueufe, la valeur
d'un Heros, une fuite de
guerres & de viétoires, des
vertus brillantes & prefque
mondaines, fraperoient peut-
eftre davantage vos efprits :
mais je ne viens pas vous fur-
prendre par des aétions ex-
traordinaires ; je viens vous é-
difier par des vertus qui toutes communes qu'elles paroif-
fent, ne laiffent pas d'eftre
héroïques.

Avec quelle foumiffion é-
coutoit-elle la parole de Dieu?
On lifoit dans fon cœur l'impreffion qu'elle y faifoit, &
le fruit qu'elle y devoit fai-

re : pourveû que J e s u s-
C h r i s t fuſt annoncé , &
que ſon Ame fuſt nourrie, elle demeuroit ſatisfaite. Dans
nos ſermons , mes Freres , elle cherchoit ſes defauts , elle nous pardonnoit les noſtres ;
& pour toucher nos Audi-
teurs , avoûons-le , ſa preſence fut quelquefois plus efficace
que nos paroles.

Quel reſpect enfin n'avoit-
elle pas pour tout ce qui regarde J e s u s-C h r i s t , pour
ſes Saints , pour ſes Autels ,
pour le Chef viſible de ſon
Egliſe , pour ſes Preſtres ?
Preſtres que les gens du Monde n'eſtiment ordinairement
que par leur qualité , ou par
les revenus de leurs benefices ;
& que les Grands regardent
C v

quelquefois comme les moins
importans & les moins utiles
de leurs domeftiques, avilif-
fant ainfi le Sacerdoce de JE-
SUS-CHRIST, & paffant in-
fenfiblement du peu d'eftime
pour le Miniftre, au peu de
refpect pour le Miniftere.

C'eftoit de leurs mains
qu'elle recevoit le Corps &
le Sang du Fils de Dieu: voilà la fource de fon refpect.
Comme c'eft de cette nour-
riture celefte que l'Ame Chrétienne tire fa force, fa confolation & fa charité, la Reine fe difpofoit à profiter de
ces avantages. Quoy-qu'elle
approchaft fouvent des Autels, c'eftoit religion, & non
pas couftume. Elle commu-
nioit avec autant de pureté,

que si elle eust communié
tous les jours ; avec autant de
préparation, que si elle n'eust
communié qu'une fois l'année.
Cette familiarité pour ainsi
dire des sacrez Mysteres ne
faisoit que la rendre plus respectueuse & plus circonspecte ;
& l'usage frequent qu'elle en
faisoit , toûjours humble &
toûjours tremblante , ne di-
minuoit pas sa ferveur, & re-
doubloit sa reconnoissance. Elle s'éprouvoit , elle se corrigeoit , elle veilloit sur elle-
mesme , à l'imitation de cette
merveilleuse Femme dont parle l'Ecriture ; *Elle visitoit tous*
les endroits de sa maison , &
ne mangeoit pas son pain dans
l'oisiveté : travaillant tantost
à humilier sa grandeur par des

Considera-
vit semitas
domus suæ,
& panem o-
tiosa non
comedit.
Proverb. 31.

C vj

abbaiſſemens volontaires, tantoſt à ſoumettre ſa volonté à
des complaiſances difficiles ,
ſouvent à réprimer par ſa patience ſes vivacitez naturelles,
& toûjours à ſecourir le prochain dans ſes neceſſitez &
dans ſes peines.

C'eſt icy , Messieurs , que
s'ouvre une matiére nouvelle
à mon diſcours, & que j'ay
beſoin que l'Eſprit de Dieu,
dans le peu de temps qui me
reſte, éleve mon eſprit & ma
voix, pour louer les miſericordes qu'il a faites , & celles qu'il a inſpirées à cette
Princeſſe. Deux choſes en-
durciſſent ordinairement le
cœur des Riches & des Puiſſans du ſiecle à l'égard des
Pauvres, l'orgueil de la con-

dition , & la délicatesse de la personne. Comme ils sont vains, ils ont peine à descendre à des ministeres qui sont honestes, mais qui ne paroissent pas honorables ; & comme ils sont à couvert de la plus part des miseres humaines , ils ont moins de pitié de ceux qui les souffrent. Cependant l'Ecriture leur ordonne d'humilier leurs ames devant le pauvre , & d'estre touchez dans le cœur de sa pauvreté & de ses peines.

C'estoit-là , MESSIEURS, le caractere de la Reine. Ces dédains , ces dégousts que le respect assidu des Grands & l'abbaissement des petits ne produisent que trop souvent dans l'Ame des Princes , ne

rebuterent jamais le malheureux ni l'indigent lors qu'il
implora ſon ſecours. Tout ce
qui luy repreſenta J E S U S-
C H R I S T ſouffrant , fut l'objet de ſa compaſſion & de
ſon eſtime , & ſa charité
n'eût d'autres bornes que celles que Dieu avoit don-
nées à ſon pouvoir ou à ſes
deſirs. Retraites ſombres où
la honte renferme la pauvreté, combien de fois a-t-elle
fait couler juſqu'à vous ſes
conſolations & ſes aumoſnes,
inquiéte de vos beſoins & de
vos chagrins , & plus ſoi-
gneuſe de cacher ſes charitez,
que vous ne l'eſtiez de cacher
voſtre miſere ? Monaſteres
qui n'avez que la Croix de
J E S U S - C H R I S T pour poſ-

session & pour heritage, combien de fois vous fit-elle voir que vous pouviez mettre en luy vostre confiance , & que rien ne manque à ceux qui le craignent ? Combien de troupes de malades assista-t-elle ? Combien de jeunes filles fit-elle élever dans des Communautez de Vierges Chrestiennes ? Combien de Communautez mesmes fit-elle subsister par ses pensions & par ses bienfaits ? Qui pourroit raconter icy tout ce que nous avons connu de sa charité , & découvrir tout ce que son humilité nous en a caché ?

Mais qu'est-il besoin de lever le voile qu'elle a jetté sur ces actions ? Voyons-la dans ces Hospitaux où elle prati-

quoit fes mifericordes publiques. Dans ces lieux où fe
ramaffent toutes les infirmitez
& tous les accidens de la vie
humaine ; où les gemiffemens
& les plaintes de ceux qui
fouffrent , rempliffent l'ame
d'une trifteffe importune ; où
l'odeur qui s'exhale de tant de
corps languiffans, porte dans
le cœur de ceux qui les fervent, le dégouft & la défaillance ; où l'on voit la douleur & la pauvreté exercer à
l'envy leur funefte empire ;
& où l'image de la mifere &
de la mort entre prefque par
tous les fens : c'eft-là que s'é-
levant audeffus des craintes &
des délicateffes de la Nature ,
pour fatisfaire à fa charité au
peril de fa fanté mefme , on

la vit toutes les femaines ef-
fuyer les larmes de celuy-cy,
pourvoir aux befoins de ce-
luy-là , procurer aux uns des
remedes & des adouciffemens
à leurs maux , aux autres des
confolations de l'efprit & des
fecours pour la confcience.

Compagnes fideles de fa
piété qui la pleurez aujour-
d'huy, vous la fuiviez, quand
elle marchoit dans cette pompe Chreftienne ; plus grande
dans ce dépouïllement de fa
grandeur , & plus glorieufe
lors qu'entre deux rangs de
pauvres , de malades , ou de
mourans , elle participoit à
l'humilité & à la patience de
JESUS-CHRIST , que lors
qu'entre deux hayes de Troupes victorieufes, dans un char

brillant & pompeux , elle prenoit part à la gloire & aux
triomphes de son Epoux.

Admirez , Femmes riches ,
& tremblez , dit le Prophete , vous qui par des dépen-
ses folles & excessives contrai-
gnez vos Maris à chercher
dans l'oppression des pauvres,
de quoy fournir à vos vanitez & à vostre luxe ! Vous
qui frémissez à la veuë d'un
Hospital, qui faites servir vôtre délicatesse de prétexte à
vostre dureté, & qui bien loin
de soulager les maux de tant
de personnes affligées, affectez
de les ignorer !

Mais ce qui couronne la
vie de cette Princesse , c'est
qu'elle fut toûjours égale :
mesmes vertus, mesmes retrai-

Obstupescite , opulen-tæ , & conturbamini. Is. 32.

tes , mesmes priéres , mesme usage des Sacremens , mesmes principes , mesmes regles. La grace l'excitant , la grace la soûtenant , elle demeuroit en JESUS-CHRIST, & JESUS-CHRIST demeuroit en elle. Comme sa Foy ne fut pas feinte, sa perseverance ne luy fut point ennuyeuse ; & sa ferveur se renouvella par tout ce qui devoit , ce semble , la rallentir. Occupations, divertiffemens , devoirs publics, necessitez & servitudes de la Royauté, rien ne put luy faire perdre la suite de ses oraisons. Elle sçavoit racheter le temps, selon le conseil de l'A- postre , & reprendre sur son sommeil les heures qu'on avoit dérobées à sa retraite. Où

Ephes. 5.
Coloss. 4.

trouvoit-elle du repos dans les fatigues des voyages, si-non dans les Cloiſtres, au pied des Autels ? Et qui de nous ne l'a pas veûë ſe dé-laſſer dans ces exercices de piété, & ménager ſi bien ſon temps, que ſans retarder les deſſeins du Roy, & ſans rien omettre de ſes dévotions, elle avoit toute la complaiſance qu'une Femme doit à ſon E-poux, & toute la fidelité qu'une Chreſtienne doit à Dieu ?

Telle fut, durant le temps qu'elle vécut, la Foy perſe-verante de la Reine. Vous l'avez dit, mon Dieu, *Qui perſeverera juſqu'à la fin, ce-luy-là ſera ſauvé* ; & vous l'avez fait, en donnant voſtre Couronne & voſtre ſalut à

Matth. 10.

cette Princesse prédestinée. Vous l'avez prise au milieu de ses satisfactions , de son bonheur & de sa joye ; & vous avez pourtant trouvé son cœur occupé de vous. Vous l'avez enlevée par un acci- dent impréveû : nous adorons vos Jugemens , & nous recon- noissons vos misericordes. La confiance qu'elle avoit en vous ne devoit estre affoiblie par aucune crainte , & l'innocence de sa vie valoit bien la peni- tence des mourans.

La Reine avoit passé ses jours avec la mesme attention à son salut qu'on a d'ordinai- re à sa derniere heure. Hos- tie vivante de JESUS-CHRIST, elle avoit dressé de ses pro- pres mains le bucher où elle

devoit confommer fon Sacrifice ; & il eſtoit juſte de luy
épargner les horreurs de la
mort en récompenſe de ſa
bonne vie.

Pour nous , Seigneur , qui
violons ſi ſouvent voſtre ſainte Loy , faites-nous ſentir que
nous mourons , long-temps a-
vant que de mourir. Qu'un
Prophete nous vienne dire de
Iſai. 38.   voſtre part : *Mettez ordre*
à voſtre maiſon , car voſtre
heure derniére approche. Me-
nez-nous pas à pas à la mort ;
& pour expier nos pechez ,
faites durer noſtre Sacrifice.
Que noſtre ame ait le temps
de ſe purifier par la tribulation & par la patience d'une
maladie ; & que l'image de
la mort & la crainte de vos

Jugemens venant à remuër nos cœurs, excitent en nous la ferveur de la penitence.

Que luy restoit-il, MES-SIEURS, à demander au Ciel, ou à desirer sur la terre ? Elle voyoit le Roy au comble des prosperitez humaines, aimé des uns, craint des autres, estimé de tous, pouvant tout ce qu'il veut, & ne voulant que ce qu'il doit, audessus de tout par sa gloire, & par sa moderation audessus de sa gloire même.

Elle voyoit en vous, MON-SEIGNEUR, tous ses vœux accomplis. Ce caractere de grandeur & de bonté, de moderation & de courage, de justice & de religion ; ce

reſpect que le Roy vous in-
ſpira toûjours pour elle , cette ſoumiſſion qu'elle vous in-
ſpira toûjours pour le Roy ;
ces vertus de tous les deux
unies enſemble , qui vous font
regarder comme l'image de
l'un & de l'autre ; cette u-
nion ſi pure & ſi tendre a-
vec cette auguſte Princeſſe
que le Ciel ſemble nous avoir
donnée pour recueïllir le dou-
ble eſprit de la Reine , &
pour nous repreſenter ſa grandeur & ſa piété ; ces benedictions que Dieu a répanduës,
& qu'il va répandre encore
ſur voſtre auguſte Mariage ,
furent des ſources de joye &
de conſolation pour elle. Que
ſon cœur fut touché lors-
qu'elle vous vit dans ces Camps
où

où vostre intelligence, vostre
activité, vostre application
vous tenant lieu d'experience,
vous pratiquiez les regles du
commandement sans avoir
presque besoin de les apprendre, prest à recevoir les ordres du Roy ; & à les donner à ses Armées, capables
de faire exécuter ses grands
desseins, & de suivre ses
grands exemples, fait pour
obeïr à luy seul, & pour com-
mander au reste du monde :
Dieu voulut que ce fust là sa
derniere joye : heureuse d'a-
voir veû jusqu'où peut aller
vostre gloire, sans estre expo-
sée à ces craintes que pouvoit
luy donner un jour vostre
grand courage.

Que pouvoit-elle esperer

aprés sa mort ? La surprise
& l'effroy, puis les regrets &
la douleur des peuples, les
monumens dressez à sa gloire, les priéres & les sacrifi-
ces offerts pour elle, les larmes des pauvres répanduës,
les témoignages rendus à sa
vertu par la voix publique,
ses bonnes œuvres annoncées
pour l'édification des Fideles;
tout releve, tout benit sa memoire. Vous mesme, grand
Roy, unique objet de son
respect & de sa tendresse,
auguste témoin de sa vertueu-
se & sage conduite, vous l'a-
vez aimée, vous l'avez pleu-
rée, vous l'avez louée : vous
l'avez dit, *Je n'ay jamais re-*
ceû de chagrin d'elle que celuy
de l'avoir perduë ; & si par-

mi les joyes du Ciel il reste encore aux saintes Ames quelque sentiment pour les consolations de ce Monde , elle est touchée de celle-cy , & il me semble que je voy ce Cœur , tout insensible qu'il est, se réveiller, & s'attendrir à cette parole.

Mais les honneurs dont elle a joüi, & ceux qu'on rend à sa memoire sont d'inutiles & foibles secours ; ce qui seul peut nous consoler dans la mort soudaine de cette Princesse, c'est l'asseûrance de son salut. C'est aussi ce qui doit nous instruire, MESSIEURS, & nous faire prévoir nos dangers. Aprés un reste de malheureux jours, *Une nuit vient,* dit le Fils de Dieu, *où person-* Ioan. 9.

D ij

*ne né peut travailler. Venit
nox quando nemo poteſt ope-
rari.* Un aveuglement volontaire qu'on s'eſt fait durant
le cours de pluſieurs années
par la negligence de ſes devoirs, forme enfin des ténébres impénétrables. On eſt
ſurpris d'une maladie dont on
craint trop, ou dont on ne
craint pas aſſez les progrés.
On ne voit ni l'importance
du paſſé, ni les conſequences
de l'avenir. On a commis le
peché ſans crainte, on reçoit
les Sacremens ſans réflexion.
On ſe flate de vaines eſperances de gueriſon, ou l'on
eſt flaté de vaines eſperances
de ſalut ; & l'on eſt mort
avant qu'on ait apperceû qu'on
pouvoit mourir.

Quand il luiroit quelque rayon de connoissance , les puissances de l'ame se trouvent ou liées par la douleur , ou usées par l'habitude. On se repaist des vains projets d'une conversion imaginaire, ou d'une confiance présomptueuse en la misericorde divine ; & dans ces malheureux momens où l'on ne peut ni pratiquer les vertus, ni vaincre les vices , on tombe entre les mains de la Justice de Dieu avec le desespoir de ne pouvoir y satisfaire.

Fasse le Ciel , Messieurs , que nous prévenions ces dangers ; & que si nous n'avons pas, comme la Reine, le mérite d'une vie pure & innocente, nous ayions au moins les

précautions de la penitence,
afin d'obtenir par le mérite
du Sang de JESUS-CHRIST
la gloire qu'elle poſſede, &
que je vous ſouhaite.

ORAISON FUNEBRE

DE TRES-HAUT

ET PUISSANT SEIGNEUR

MESSIRE

MICHEL LE TELLIER,

CHEVALIER,

CHANCELIER DE FRANCE.

Prononcée dans l'Eglise de l'Hostel Royal des Invalides, le 22. jour de Mars 1686.

ORAISON FUNEBRE
DE MESSIRE
MICHEL LE TELLIER,
CHANCELIER DE FRANCE.

Ufque in feneétutem permanfit ei virtus,
ut afcenderet in excelfum terræ locum ; &
femen ipfius obtinuit hereditatem , ut vide-
rent omnes filii Ifraël , quia bonum eft ob-
fequi fanéto Deo.

Sa vertu s'eft fouftenuë jufqu'à fa vieil-
leffe ; elle l'a fait monter aux lieux élevez
de la Terre : fa Poftérité a recueilli fon hé-
ritage , afin que les Enfans d'Ifraël con-
noiffent qu'il eft bon d'obéïr au Dieu faint,
Au livre de l'Ecclefiaftique, chap. 46.

QUEL deffein, MES-
SIEURS , eftes-vous
affemblez icy , &
quelle idée avez-vous de mon

Miniftere ? Viens-je vous é-
bloüir de l'éclat des honneurs,
& des Dignitez de la terre,
& venez-vous interrompre icy
l'attention que vous devez
aux faints Myfteres, pour nour-
rir voftre efprit du récit fpé-
cieux d'une félicité mondaine ? Attendez-vous qu'au lieu
d'exciter voftre piété par des
inftructions falutaires, j'irrite
voftre ambition par de vaines
repréfentations des profpéri-
tez de la vie ? Oferois-je à
la veüë de ce Tombeau, fatal écueïl des grandeurs humaines, à la face de ces Autels, demeure facrée de Jesus-
Christ anéanti, loüer les
vanitez du fiecle, & dans un
jour de triftesse & de deuïl
étaler à vos yeux l'image fla-

teufe des faveurs & des joyes du monde ?

Dans l'éloge que je fais aujourd'huy de TRES-HAUT ET PUISSANT SEIGNEUR MESSIRE MICHEL LE TEL-LIER, MINISTRE D'ESTAT, CHEVALIER, CHANCELIER DE FRANCE, j'envifage, non pas fa fortune, mais fa vertu ; les fervices qu'il a rendus , non pas les places qu'il a rem-plies ; les dons qu'il a receûs du Ciel, non pas les honneurs qu'on luy a rendus fur la ter-re ; en un mot , les éxem-ples que voftre Raifon vous doit faire fuivre , & non pas les grandeurs que voftre Or-gueil pourroit vous faire de-firer.

Ce n'eft pas, MESSIEURS ,
D vj.

que je veuïlle blafmer icy ces
Minifteres honorables , où la
Providence de Dieu l'avoit
élevé , qui font les fruits de
la réputation & du mérite.
Je fçay que fon crédit n'a fait
qu'autorifer fa probité , que
fes grands Emplois ont fervi
de moyens & de matiere à
fes bonnes œuvres ; & que
nous devons à fes Dignitez
ce caractere fingulier d'une
vie fimple dans fa fageffe ,
modefte dans fon élevation ,
tranquille dans l'embaras &
le tumulte des affaires , uni-
forme dans fes conditions différentes , toûjours loüable ,
toûjours utile , & toûjours
quelque bonheur qui l'accom-
pagnaft , plus heureufe pour le
Public que pour luy-mefme.

Il eſt vray que le Ciel a
rempli ſes deſirs , & qu'il
a eû , pour ainſi dire , la
deſtinée des Patriarches :
cette Plenitude de jours ,
qui conſomme la pruden-
ce de l'homme juſte : cette
ſuite de bons ſuccés : que
le Temps & la Fortune qui
changent tout , n'ont oſé
troubler : ces Richeſſes innocentes qui ont entretenu
ſon honneſte & frugale opu-
lence : cét Eſprit , qui mal-
gré le poids des années &
des affaires a conſervé ſa force & ſa vigueur dans les rui-
nes meſme du corps : cette
Gloire qu'il a maintenuë , &
qu'il a veû renaiſtre en ſes
Enfans , de génération en génération : cette Mort dans la

paix & dans l'espérance du
Seigneur , qu'il a regardée
comme la fin de son travail
& le terme de son péleri-
nage.

Ce sont-là les récompenses
visibles de la vertu , mais ce
n'est pas la vertu mesme. Ce
sont les bénédictions de l'ancienne Loy , non pas les graces de la nouvelle. Je m'ar-
reste à cette vertu persévé-
rante & continuée , suivant
les paroles de mon texte ; &
je viens vous montrer par
quels Emplois le Ciel avoit
préparé ce grand Homme ,
par quelles voyes il l'a conduit , par quels secours il l'a
sousteuu dans les Dignitez é-
minentes , & recueïllir en sa
personne la fidelité d'un Su-

jet, la fageffe d'un Miniftre d'Eftat, la juftice d'un Chancelier. Faffe l'Efprit divin que la Religion regne dans mon difcours, & que les Enfans de ce fiecle apprennent aujourd'huy de moy la prudence des enfans de lumiere !

DANS le Royaume fpirituel de JESUS-CHRIST, il y a des vocations différentes : les uns dans la retraite & dans le filence operent en fecret leur propre falut ; les autres dans l'action, & dans des Offices publics de Religion, travaillent au falut de leurs freres, conduifent la maifon de Dieu, & font les Miniftres de JESUS-CHRIST pour l'u-

tilité de fon Eglife. Ainfi dans
les Royaumes temporels, la
Providence divine, qui par
d'invifibles refforts conduit les
hommes à fes fins, refferre le
cœur des uns, & les retient
dans les bornes étroites d'une
adminiftration domeftique ;
éleve l'efprit des autres, pour
en faire les Juges ou les Con-
ducteurs de fon Peuple, &
pour aider de leurs confeils
les Souverains qui le gouvernent. Le Seigneur en fait des
ferviteurs fidelles, les guide
luy-mefme dans les fentiers
de la juftice, & leur révele
peu-à-peu les fecrets de fa fageffe.

C'eft ainfi qu'il forma cét
habile & fidelle Miniftre dont
vous honorez icy la mémoire.

La bonté du naturel prévint en luy les foins de l'éducation. L'étude, le génie, les réfléxions fortifierent bientoft fa raifon. On vit dans une grande jeuneffe ce qu'on trouve à peine dans un âge plus avancé, de la régularité & de la retenuë. Son efprit parut & par ce que fa vivacité en produifoit, & par ce qu'en cachoit fon jugement & fa modeftie. Un air doux & infinuant luy attiroit l'eftime & la confiance ; & je ne fçay quoy d'honnefte & d'heureux répandu dans fes actions & fur fon vifage, laiffoit voir dans le caractere de fa vertu, le préfage de fa fortune.

La premiere paffion qu'il eut, fut celle de fe rendre uti-

le ; & comme il eftoit né
dans le fein mefme de la Magiftrature, & qu'il avoit devant fes yeux l'image de l'é-
quité, & de la réputation de
fes Peres, il eut deffein d'entrer dans une de ces Com-
pagnies célebres où regnent
l'honneur & l'intégrité, &
où s'éxercent non pas les jugemens des hommes, mais
ceux de Dieu, felon le langage des Ecritures. Il s'inf-
truifit de fes devoirs : il con-
fulta les Oracles de la Jurif-
prudence ; & dans ces tribulations domeftiques qu'atti-
rent d'ordinaire fur les Enfans un Pere mort, une Mere
veuve, contraint de défendre
les droits de fa fucceffion contre des prétentions illégiti-

mes, il fe fit de l'ennuyeufe pourfuite de fon affaire, une étude loüable de fa vocation. Il apprit par fes propres peines à compatir à celles des autres. Il difcerna les raifons de la bonne caufe d'a-vec les préventions & les ar-tifices de ·la mauvaife. Il vit ce que prefcrivent les Loix ; ce que la chair & le fang in-fpirent ; & tirant de la con-duite de fes Juges des enfei-gnemens pour la fienne, il apprit en fouftenant fon pro-pre droit à conferver celuy des autres ; & la juftice qu'il demandoit, luy fit connoiftre la juftice qu'il devoit ren-dre.

Avec cette difpofition il en-tra dans le Grand Confeil. La

connoiſſance des affaires, l'application à ſes devoirs, l'éloignement de tout intereſt le
firent connoiſtre au public,
& produiſirent cette premiere fleur de réputation qui répand ſon odeur plus agréable
que les parfums, ſur tout le

Eccl. 7. 2.

reſte d'une belle vie. Les plaiſirs ne troublerent pas la diſcipline de ſes mœurs, ni l'ordre de ſes éxercices. Il joi-
gnit à la beauté de l'eſprit &
au zele de la juſtice, l'aſſidui-
té du travail, & mépriſa ces
Ames oiſives qui n'aportent
d'autre préparation à leurs
charges, que celle de les a-
voir deſirées ; qui mettent
leur gloire à les aquerir, non
pas à les éxercer ; qui s'y jettent ſans diſcernement, & s'y

maintiennent fans mérite ; &
qui n'achetent ces titres vains
d'occupation & de dignité,
que pour fatisfaire leur orgueïl, & pour honorer leur
pareffe.

Les follicitations de fes
Amis, & les conjonctures du
temps le pousserent bientoft
dans un autre Employ, qui le
faifant l'homme du Roy dans
une grande Jurifdiction, donna plus d'étenduë à fa vertu,
& plus de matiere à fa gloire. C'est là que chargé de la
protection des Loix & des Po-
lices humaines, au milieu d'un
conflit tumultueux de grands
& petits intérests qui divifent
les Citoyens, il réprimoit la
licence des uns, relevoit la
foibleffe des autres ; & de

son équitable Tribunal , à l'é-
preuve des importunitez , audeffus des paffions qui l'environnent , il pourfuivoit le
crime , armé du glaive de la
Juftice, & couvroit l'innocence du bouclier des loix, & de
l'autorité Royale.

La douceur naturelle de
fon efprit , ne faifoit qu'au-
gmenter le refpect qu'on avoit
pour luy. Quel malheureux
n'efperoit pas, en l'abordant,
du fecours , ou de la pitié ?
La bonne caufe perdit-elle jamais devant luy la confiance
& la liberté qui luy eft dûë ?
A qui refufa-t-il jamais le
temps & la patience de l'é-
couter ? Le vit-on rebuter un
pauvre , & méprifer fa propre chair , comme parle le

Carnem tuam ne defpexeris. Ifaï. 58. 7.

Prophete ? Qu'il eſtoit éloigné de ceux qui joignant à la
ſévérité de leur profeſſion, la
rudeſſe de leur humeur, affli-
gent les pauvres de Jesus-
Christ, & déſeſperent, par
leur dureté, des miſérables
qui ne gémiſſent déja que
trop ſous le poids de leur mauvaiſe fortune, qui craignent
plus leurs Juges que leurs Parties, & qui regardent le mépris qu'on a pour eux, comme un avant-coureur de l'injuſtice qu'on leur va faire !

Mais Dieu le deſtinoit à de
plus nobles fonctions, & vouloit approcher des Rois une
Teſte auſſi capable de les ſervir. Il s'éleve & ſe fait admirer dans le Conſeil. Que croi-
riez-vous, Messieurs, de

ces changemens , & de ces accroiſſemens de gloire , ſi ſa modération ne vous eſtoit auſſi connuë que ſa fortune ? Ne vous figurez pas de ces élévations ſoudaines , que produit quelquefois dans les Eſtats l'heureuſe ambition des Sujets, ou l'aveugle faveur des Princes. Ne penſez pas à cette impatience téméraire de la pluſpart des jeunes gens , moins occupez des charges qu'ils ont, que de celles qu'ils n'ont pas ; qui ſe diſpenſent de l'ordre du temps & de la raiſon , pour monter précipitamment aux premiers Tribunaux du Royaume , comme ſi l'honneur pouvoit s'aquerir ſans travail , & la ſageſſe ſans expérience.

Souvenez-

Souvenez - vous plûtoft de la fainte fimplicité de nos Peres. Chacun mefuroit fes emplois à fes propres forces. L'ambition n'eftoit ni pré-fomptueufe, ni inquiete. On fe faifoit une efpece de re-ligion d'apprendre fes pre-miers devoirs, avant que de paffer à d'autres. Il y avoit une proportion, & comme un point de maturité, que chacun cherchoit en luy-mê-me, avant que d'entrer aux adminiftrations publiques. Les progrés qu'on faifoit dans les dignitez, eftoient des mar-ques, & des récompenfes du mérite; & les fervices qu'on avoit rendus dans les unes, eftoient des gages af-feûrez des fervices qu'on de-

Tome II. E

voit rendre dans les autres.

Ainſi s'avançoit M. Le
Tellier , rempli de ſes
obligations préſentes , fidelle
à chacune de ſes conditions,
comme s'il n'en euſt jamais
deû ſortir , & ſe préparant
par de grandes vertus à de
grands emplois. Lors que le
feu de la rebellion s'alluma
dans la Capitale d'une Province voiſine , & qu'un illuſtre Chancelier avec la Juſtice
armée alloit, ou l'arreſter par
l'autorité des loix , ou la pu-
nir par la puiſſance des armes, il fut choiſi pour l'aſſiſter de ſes conſeils , & pour
chercher avec luy ces difficiles tempéramens de menace
qui étonne , de remontrance
qui corrige , de douceur qui

Roüen.
M. Seguier.

appaife , de févérité qui châ-
tie. Quel foin ne prit - il pas
de defarmer cette Multitude
irritée , de diffiper leurs fauffes craintes , & d'imprimer
dans ces efprits que fa parole avoit calmez , le refpect &
l'obéïffance ? Il apprenoit
alors à prononcer des Arrefts,
à fceller des graces , à ramener , dans de plus importantes occafions , les peuples à
l'autorité Royale.

Que diray-je de cette In-
tendance , qui fut comme un
coup-d'effay de fon Miniſtere , finon qu'il fit craindre ,
& qu'il fit aimer la France
dans l'Italie ; qu'il aida , par
fon induftrie , à réunir les
Princes de l'augufte Maifon
de Savoye ; qu'il parut bon

négotiateur & bon courtiſan ;
& qu'il remporta autant d'eſtime & d'affection publique
de ces païs étrangers , qu'il
y avoit laiſſé d'exemples d'une
ſage & vertueuſe conduite ¿

Mais je paſſe à des actions
plus éclatantes , & je com-
mence à ſentir le poids de
mon ſujet. Ce fut en ce
temps, que , pour le malheur
du Royaume , mourut ce Car-
dinal fameux par la force de
ſon génie , par le ſuccés de
ſes entrepriſes , par la beauté
de ſon eſprit , à qui la France devoit ſa grandeur , ſon
repos & ſa politeſſe. Quelle
chûte , MESSIEURS , &
combien de fortunes chancelantes, ou renverſées en une
ſeule ! Que ſont les hommes,

lors qu'au milieu de leurs efpérances & de leurs établif-
femens, Dieu, dont les jugemens font impénétrables,
brife le bras de chair qui les
appuyoit ?

Les uns fe perdent fans ref-
fource : les autres étonnez,
& incertains de leur eftat, ne
pouvant ni fouftenir leur dignité, ni fupporter leur difgrace, ni fe maintenir à la
Cour, ni fe réfoudre à la retraite, traifnent, avec ennui,
les foibles reftes d'un crédit,
qui fe fouftient encore un peu
par luy-mefme, & qui tom-
be bientoft aprés fous le poids
d'une nouvelle domination.
Les bienfaits s'oublient, les
amitiez ceffent, la confiance
s'éloigne, les fervices mefmes

E iij

ſont comptez pour des ré-
compenſes. Quand on ſeroit
utile, on ceſſe d'eſtre agréable : de nouveaux intéreſts
font chercher de nouveaux
ſujets. Telles ſont les viciſſi-
tudes du monde. Vous ſeul,
Seigneur, eſtes toûjours le
meſme, & vos années ne fi-
niſſent point : bienheureux
ceux qui ſe confient en vous,
leurs eſpérances ne ſeront point
confonduës !

Ce fut dans ces révolutions
que M. LE TELLIER, con-
tre les apparences, & contre ſes propres projets, fut
rappellé de ſes emplois, pour
entrer dans la Charge de Se-
cretaire d'Eſtat, & dans le
Miniſtere de la guerre, en un
temps, où la diſcorde regnoit

Tu autem
idem ipſe es,
& anni tui
non defi-
cient.
Pſ. 101. 28.

dans toutes les parties de l'Europe, où le bruit de nos Armes retentissoit de tous côtez, & où nos Ennemis & nos Envieux s'animoient par nos pertes, & s'irritoient de nos victoires. Il falloit un homme laborieux pour se charger d'un long & pénible détail ; exact, pour entretenir l'ordre & la discipline de tant d'Armées ; fidelle, pour distribuer les Finances avec des mains pures & innocentes ; juste pour représenter les services des Soldats & des Officiers, & faire élever les plus dignes aux places qu'une loüable, mais malheureuse valeur rendoit vacantes ; sage pour ménager dans des conjonctures difficiles, ces esprits vains

& remuans , qu'il est également dangereux d'abbatre ou
d'élever ; éclairé , pour décider dans les conseils , &
trouver des expédiens & des
ouvertures dans les affaires.

Tel estoit ce nouveau Mi-
nistre : l'usage des Loix &
des Judicatures qu'il avoit
exercées, la connoissance qu'il
avoit aquise du dehors & du
dedans du Royaume , les
principes qu'il s'estoit faits
pour la vie publique & particuliere, les habitudes qu'il avoit
eûës avec les plus renommez
Politiques , avoient formé en
luy cette étenduë de lumiere , & cette prudence uni-
verselle d'un Ministre d'Estat , dont je dois vous entre-

tenir dans la feconde partie
de cét Eloge.

QUOY-QUE la puiffance de
Dieu foit fans bornes & fans
mefure , que la vertu de fon
efprit s'imprime par la force
de fa parole , & que fa volonté foit la regle de fes actions : il ne dédaigne pas de
fe fervir quelquefois , dans la
conduite de l'Univers , de ces
Efprits bienheureux qui font
dans le Ciel immortels ado-
rateurs de fa gloire , invifibles adminiftrateurs de fes ordres & de fes deffeins , fur la
terre. Faut-il s'étonner fi les
Rois dans leur condition mortelle , chargez du poids & de
la multiplicité de leurs de-

E v

voirs , choififfent parmi leurs
Sujets , des efprits fideles &
fages , à qui , fe réfervant la
fupériorité de la décifion , &
l'autorité du commandement,
ils laiffent la liberté du confeil , & la prudence de l'éxé-
cution ?

Sous XIII.   Un Roy , dont la vie fut le
Regne de la Réligion & de
la Juftice , pouvoit-il , en mourant , faire un plus digne
choix que celuy de M. LE
TELLIER ? Le Dieu des
Armées benit auffitoft nos
guerres en fes mains ; la réputation de nos Armes ne fit
que croiftre ; la perte d'un
Roy victorieux fut adoucie
par le gain d'une bataille &
par une fuite de victoires ; la
France affligée , & triomphan-

te tout enfemble , mefla aux
chants de douleur & de fu-
nerailles , des cantiques de
loüanges & d'actions de graces : & l'Efpagne fentit à Ro-
croy qu'une révolution n'é-
toit pas capable de renverfer
l'heureufe adminiftration de
nos affaires ; que la nouveauté des acteurs , fi j'ofe parler
ainfi, ne changeoit pas la face de la fcene ; & que fi nos
Rois eftoient mortels , la fortune de l'Eftat , la valeur de
la Nation , & la protection du
Dieu vivant fur ce Royaume ,
ne mouroient pas.

Déja pour le fouftien d'une
Minorité , & d'une Régence
tumultueufe , s'eftoit élevé à
la Cour un de ces hommes ,
en qui Dieu met fes dons

E vj

d'intelligence & de conſeil,
& qu'il tire de temps en tems
des treſors de ſa Providence
pour aſſiſter les Rois, & pour
gouverner les Royaumes. Son
adreſſe à concilier les eſprits
par des perſuaſions efficaces ;
à préparer les événemens par
des negotiations preſſées ou
lentes ; à exciter ou à calmer les paſſions par des in-
térefts & des veûës politiques ; à faire mouvoir avec
habileté les reſſorts ou de la
guerre ou de la paix, l'avoit
fait regarder comme un Miniſtre non ſeulement utile,
mais encore néceſſaire. La
pourpre dont il eſtoit reveſtu,
la capacité qu'il fit voir , &
la douceur dont il uſa, aprés
pluſieurs agitations, le mirent

enfin au deſſus de l'envie : & tout concourant à ſa gloire, le Ciel meſme faiſant ſervir à ſon élévation & ſa faveur & ſes diſgraces, il prit les reſnes de l'Eſtat ; heureux d'avoir aimé la France comme ſa Patrie, d'avoir laiſſé la paix aux Peu-ples fatiguez d'une longue guerre, & plus encore d'a-voir appris l'art de regner & les ſecrets de la Royauté, au premier Monarque du monde.

Le diſcernement de ce Car-dinal fit reconnoiſtre la pru-dence de M. LE TELLIER ; & la prudence de M. LE TEL-LIER ſervit à rétablir l'au-torité de ce Cardinal, dans un temps de confuſion & de deſordre. Ne craignez pas, MESSIEURS, que je vous

faſſe un triſte recit de nos di-
viſions domeſtiques, & que je
parle icy de rétabliſſemens &
d'éloignemens, de priſons &
de libertez, de réconcilia-
tions & de ruptures. A Dieu
ne plaiſe, que pour la gloire
de mon ſujet je révele la honte de ma Patrie, que je rou-
vre des playes que le temps
a déja fermées, & que je
trouble le plaiſir de nos con-
ſtantes & glorieuſes proſpéritez par le funeſte ſouvenir de
nos miſeres paſſées !

Que diray-je donc ? Dieu
permit aux vents & à la mer,
de gronder & de s'émouvoir ;
& la tempeſte s'éleva. Un air
empoiſonné de factions & de
révoltes gagna le cœur de
l'Eſtat, & ſe répandit dans

les parties les plus éloignées.
Les paſſions que nos pechez
avoient allumées rompirent
les digues de la juſtice & de
la raiſon ; & les plus ſages
meſmes entraiſnez par le malheur des engagemens & des
conjonctures, contre leur propre inclination , ſe trouve-
rent, ſans y penſer , hors des
bornes de leur devoir. L'inquiétude naturelle de l'eſprit
humain ; l'ignorance où l'on
eſt des véritables intéreſts de
l'Eſtat ; la confiance qu'inſpire la naiſſance , la capacité ,
les ſervices , les mouvemens
de l'ambition ; & plus encore la main du Seigneur qui
s'appeſantit , quand il veut ,
& ſe ſert , pour la punition
des hommes , de leurs pro-

pres déréglemens , furent les
caufes des Partis formez , &
de l'autorité fouveraine blef-
fée enfin en la perfonne du
premier Miniftre.

Quelle fut la conftance de
M. LE TELLIER dans ces
jours d'aveuglement & de foibleſſe , & combien de formes
donna-t-il à ſa fidélité & à
ſa prudence ! Quelle application à découvrir la ſource
des maux , & la convenance
des remedes ! Quelle retenuë
pour cacher les ſecrets de la
Régence qu'on avoit confiez
à ſa ſageſſe ! Quelle péné-
tration quand il fallut percer
les nuages de la diſſimulation
& de l'artifice , & découvrir
non ſeulement les deſſeins ,
mais encore les motifs & les

intentions ! Quelle préfence
d'efprit lors qu'il fallut s'ac-
commoder aux conjonctures ,
& prendre pour le bien public des réfolutions fubites !
Quelle adreſſe à s'attirer la
confiance des Partis, & à réunir la diverfité des avis &
des connoiſſances au feul
point de la tranquilité publique !

Mais quelle fut fa ferme-
té , lors que par l'effort des
factions & des cabales , la
Reine obligée de ceder au
temps , confentit à le voir
éloigner des affaires ? Il ne
perdit rien par fa difgrace ,
parce qu'il fe fouftenoit moins
par fa faveur que par fa vertu. Ceux qui demandoient fon
éloignement faifoient eux-mê-

mes son éloge. On ne luy reprochoit que les services qu'il rendoit à l'Estat , & l'attachement qu'il avoit pour son Bien-faiteur. Ses crimes estoient sa droiture , sa fidélité , sa reconnoissance. Tout le changement qui se fit en luy , fut qu'il joüit de son repos & de luy-mesme. Il se retira dans sa solitude , portant avec luy sa réputation & son innocence , & faisant du triomphe de ses Envieux un sacrifice volontaire à son Prince & à sa Patrie. C'estoit assez pour luy de faire cesser les moindres prétextes des troubles dont la France estoit agitée ; & ne pouvant servir le Roy par ses actions & par ses discours, il le servit par son repos, & par son silence.

Que dis-je, MESSIEURS, par son repos, & par son silence ? Sa retraite ne fut ni lasche ni oisive. Là se formoient d'heureux projets, pour la réunion des esprits, quand ils seroient capables de raison ou de repentir. Delà couloit une source secrete de sages conseils sur tous les serviteurs fidelles. Sa solitude luy servoit comme de voile pour mettre en seûreté l'importance de ses services. De ce port où la tempeste l'avoit jetté, il marquoit les routes qui pouvoient sauver du naufrage. On eust dit qu'il n'étoit sorti de la Cour, que pour y estre & plus accrédité

& plus utile ; & fon abfence
ne fit que montrer le defir
qu'on avoit eû de le retenir,
& l'impatience qu'on eut de
le rappeller.

Aucun nuage ne troubla
depuis la férénité de fa vie.
Sa prudence ne permit plus
rien au caprice de la fortune ; & l'Envie qui pourfuit
fans ceffe les autres vertus ,
eût quelque honte d'avoir une
fois attaqué la fienne.

Que ne puis-je vous le ré-
préfenter , aprés fon retour
avec cét afcendant qu'il eut
toûjours fur les efprits , mé-
nageant les craintes & les défiances des uns , animant les
defirs & les efpérances des
autres , liant les Grands par
des traitez, gagnant les Peu-

ples par des remontrances,
jusqu'à ce que Dieu eust be-
ni ses travaux , & rétabli ,
par sa miséricorde , l'autorité
du Prince, l'honneur du Mi-
nistere , & la concorde d'un
Estat qu'il vouloit mettre au
dessus des autres, par une heureuse paix, ou par de continuelles victoires ?

Que ne puis-je plûtost
vous montrer la part qu'il a
eûë aux glorieux événemens
d'un Regne rempli de mer-
veilles : Les Affaires d'Estat,
selon l'Ecriture , sont des mysteres du conseil des Rois : il *Mysterium*
n'y a que ceux qui entrent *Concilii sui.*
dans le sanctuaire qui puis- *Judith. 2, 2.*
sent en sçavoir les secrets.
On ne les voit pas en eux-
mesmes ; mille voiles les dé-

robent à nos yeux. On ne
les voit que dans les mouvemens qu'ils font , & dans les
effets qu'ils produiſent.

Rappellez donc en voſtre
mémoire ces Guerres ſi re-
nommées dont il fut le di-
recteur & le miniſtre ; cette
Paix fortunée dont il fut le
ſolliciteur, & pendant le traité, le dépoſitaire ; ces Con-
queſtes ſurprenantes , dont il
avoit eſté comme le prophete ; ces Négotiations avan-
tageuſes , dont il fut & l'au-
teur & le conducteur par ſes
projets & par ſes veûës
Ajoutez à tous ces honneurs
le témoignage d'un Roy dont
les paroles ſont des Oracles,
*Que jamais homme ſur tou-
tes ſortes d'affaires n'avoit*

esté de meilleur conseil.

Cependant, MESSIEURS, a-t-on veû dans ses actions, & dans sa conduite quelque apparence de vanité ? S'est-il écarté de l'honneste simplicité de ses peres ? A-t-il répandu en superfluitez de festins ou de bastimens , ce qu'il tenoit des libéralitez du Roy , ou de sa prudente & modeste œconomie ? A-t-il prodigué des tresors pour embellir ses maisons , & forcé la nature & les élémens pour orner ses solitudes ? Qu'a-t-il cherché dans sa retraite de Chaville , que les pures délices de la campagne ? Et quelle peine n'eût-on pas à luy persuader d'étendre un peu, en faveur de sa dignité, les

limites de ſon patrimoine , &
d'ajouter quelques politeſſes
de l'art aux agrémens ruſti-
ques de la nature ?

De ce fond de modération
naiſſoit cette douceur & cette affabilité ſi néceſſaire , &
ſi rare dans les grands Emplois , où l'importunité des
hommes, l'opiniaſtreté du travail , & je ne ſçay quel eſprit de domination rendent
l'humeur auſtere & chagri-
ne. Il écoutoit avec patience , il accordoit avec bonté,
& refuſoit meſme avec grace. Acceſſible , accueïllant ,
honneſte , ſçachant employer
ſon temps , & quelquefois
meſme le perdre pour com-
patir à des miſérables , à
qui il ne reſte d'autre conſolation

lation que celle de redire en‑
nuyeufement leur mifere. Il
fe communiquoit felon les be‑
foins, & ne pouvoit fouffrir
ces hommes chargez des af‑
faires du public & des parti‑
culiers, qui fe renferment, &
fe rendent comme invifibles,
& fe font de leurs cabinets,
comme un rempart à leur oi‑
fiveté ou à leurs plaifirs, con‑
tre les peines & les devoirs de
leurs Minifteres.

Mais quelle eftoit cette dou‑
ceur, quand elle fe renfer‑
moit dans l'enceinte de fa fa‑
mille, & dans les bornes d'une
vie privée ! Quel fage & no‑
ble repos ! Quelle tendreffe
pour fes Enfans ! quelle union
avec cette Epoufe fidelle, qui,
felon le langage du Saint

Tome II.   F

Esprit , est la récompense de
l'homme de bien ! quelle sen-
sibilité , & quelle constance
pour ses Amis ! Qu'il eust aimé à joüir en repos du fruit
de ses travaux dans une heureuse vieillesse ! Il laissoit à
l'Estat un Fils dont il avoit
formé l'esprit & le cœur :
ils remplissoient les mesmes
emplois avec les mesmes vertus ; & ils auroient esté l'un
& l'autre inimitables , si le
Pere n'eust eû le Fils pour
successeur , & si le Fils n'eust
eû le Pere pour éxemple.
Mais sa vertu devoit conti-
nuer jusqu'à la fin , & l'élever
au premier Trône de la Justice
je veux dire , à la Charge de
Chancelier de France. *Ut af-*
cenderet in excelsum terræ lo-
cum.

LA premiere fonction des Rois, & la partie la plus essentielle de la Royauté, c'est la Justice. L'Ecriture, aprés avoir représenté le courage de David dans ses combats, & sa reconnoissance dans ses victoires, ajouste incontinent comme la perfection de son Regne, qu'il rendoit justice & jugement à son Peuple : *Regnavit David super omnem Israël, & faciebat judicium, & justitiam omni populo.* Ce n'est que par occasion qu'ils ont des ennemis à vaincre, & c'est par institution qu'ils ont des sujets à gouverner : & comme il leur convient de choisir des hommes puissans, pour porter leur

1. 2. *Reg.*
c. 8.

F ij

foudre dans la conduite tumultueufe de la guerre ; il
leur importe encore plus de
choifir des hommes juftes
pour éxercer leurs jugemens
dans une Charge où réfide
l'ordre & la Paix intérieure
de l'Eftat , & qui eft comme
un canal fpirituel , par où la
protection des Loix & de la
Juftice defcend du Prince
vers les Peuples , & le refpect & la fidélité des Peuples remontent vers le Souverain.

Qui eft-ce qui s'eft aqui-
té plus dignement de cette
fuprême Magiftrature que M.
LE TELLIER ? En entrant
dans le Miniftere , il ne s'é-
toit pas éloigné de la Juftice:
il en avoit confervé les lu-

mieres & les maximes au milieu de la Politique ; &
s'eſtoit uni plus étroitement
avec elle, en s'approchant
d'un Roy qui en fait la regle de ſes deſirs & de ſes
actions, qui veut qu'elle regne ſur ſes Sujets, & ſur luy-
meſme, & qui luy ſoumet
tout, juſqu'à ſes intereſts &
à ſ gloire.

Mais lors qu'il ſe vit éta-
bli Arbitre ſouverain des
Loix, il ſe fit des principes
inviolables d'une éxacte & ſé-
vere équité. Il s'appliqua à
diſcerner la cauſe du Juſte
d'avec celle du Pécheur ; à
découvrir la vérité au travers
des voiles du menſonge & de
l'impoſture dont les cupidi-
tez humaines la couvrent ; à

F iij

féparer les formalitez nécef-
faires d'avec ces procedures
obliques, & ces malignes fubtilitez, que l'avarice a intro-
duites dans les affaires ; &
pour rompre l'iniquité dans
fa fource, il arma fon zele
contre les Juges qui la com-
mettoient, ou qui la fouf-
froient.

Au milieu du Palais augu-
fte, & prefque fous le Trône de nos Rois, s'éleve, fous
le nom de Confeil, un Tribunal fouverain, où l'on ré-
forme les Jugemens, & où
l'on juge les Juftices. C'eft-
là que la foible innocence
vient fe mettre à couvert de
l'ignorance ou de la malice
des Magiftrats qui la pour-
fuivent. C'eft delà que par-

tent ces foudres qui vont confumer l'iniquité, jufqu'aux Tribunaux les plus éloignez. C'eſt-là qu'on regle le fort des Jurifdictions douteufes ; & que du haut de fa dignité le premier & univerfel Magiſtrat, au milieu des Juges d'une probité & d'une expérience confommée, veille fur tout l'Empire de la Juſtice, & fur la bonne ou mauvaife conduite de ceux qui l'éxercent.

Il entretint l'ordre que fes Prédéceſſeurs avoient eſtabli dans le Confeil, & il l'augmenta. Il n'y fouffrit aucun de ces relafchemens que le temps n'introduit que trop dans les Compagnies les plus régulieres. Y eût-il rien de

F iiij

tumultueux ou de déréglé
dans fa difcipline ? Vit - on
donner Arreft contre Arreft,
& confondre les droits &
les efpérances des parties par
des contradictions fcanda-
leufes ? Sous prétexte qu'on
n'y touche pas au fond des
affaires, les négligea- t - on ?
Vit-on jamais affoiblir la juftice en faveur des Juges, &
livrer la bonne caufe à leurs
paffions, fous prétexte de
la renvoyer à leur confcience ?

La veuve & l'orphelin ne
fe plaignirent pas de la len-
teur, ou de la foibleffe de fon
âge. On n'oüit pas ces triftes prieres, *Jugez-nous, Sei-*
gneur, parce qu'il n'y a point
de jugement fur la terre. Il

fçavoit qu'un Juge doit rendre compte non feulement de
fon travail, mais encore de
fon loifir : qu'il eft également coupable de laiffer triom-
pher la malice des uns, ou
languir la mifere des autres :
qu'il doit racheter le temps,
& abreger les mauvais jours
que le procés donne à des
miférables, qui ne font pas
moins ruinez par la longueur
des procédures, que par l'erreur des jugemens.

M. LE TELLIER, com- *Exod.* 18.
me un autre Moïfe, parta-
gea fon efprit avec ceux qui
fe trouvoient affociez à fa Ju-
dicature, efprit de régularité & d'ordre. Une temerai-
re jeuneffe fe jettoit fans étude & fans connoiffance dans

F v

les Charges de la Robbe :
on entroit dans le fanctuai-
re des Loix en violant la
premiere Loy, qui veut qu'on
foit inftruit de fa Profeffion.
Pour obtenir les privileges
des Jurifconfultes, il fuffifoit
d'avoir de quoy les acheter :
l'équité s'éteignoit avec la
fcience, & les fortunes des
Particuliers tomboient entre
les mains de ces Ignorans volontaires, à qui le pouvoir
de les défendre, eftoit un
titre pour les ruiner. Il réta-
blit les Etudes, & fit revivre dans les Ecoles du Droit
ces éxercices publics & fo-
lennels, & ces rigoureufes
épreuves qui feront refleurir
les Loix, & l'éloquence de
nos Peres.

Quel soin n'eût-il pas d'arrester en plusieurs rencontres l'intempérance d'esprit, & la licence d'écrire de ceux, qui par un vain desir de gloire, se font une malheureuse occupation de recueïllir leurs vaines pensées, & pour se soulager du poids de leur oisiveté, & faire perdre aux autres un temps qu'ils perdent eux-mesmes, jettent dans le public les fruits amers de leurs études frivoles ou mal digérées ?

Quelles précautions n'avoit-il pas accoustumé de prendre dans les rémissions & les graces qu'il accordoit, craignant également de prodiguer, ou de resserrer les bienfaits du Prince,

Potes & officio tuæ jurisdictionis fungi, & humanitatis meminisse. Tertull. ad Scap.

F vj

se souvenant , comme parle
Tertullien , du pouvoir de
la jurisdiction , & n'oubliant
pas les foiblesses de l'huma-
nité ?

Quel zele ne témoigna-
t-il pas toûjours pour l'E-
glise , & par sa propre piété , & par les soins de ce
fils qui en remplit les Dignitez avec éclat , & qui en
soustient les droits avec fermeté ? Perdit-il une occasion ou de maintenir ses Privileges , ou de pacifier ses
differends , ou d'appuyer sa
discipline , & mesme d'é-
tendre sa foy sur le débris
heureux & inesperé de l'Hé-
résie ?

Quel spectacle s'ouvre icy
à mes yeux , & où me con-

duit mon sujet ? Je voy la droite du Tres-haut chan-ger, ou du moins fraper les cœurs, rassembler les dis-persions d'Israël, & couper cette haye fatale qui sépa-roit depuis long-temps l'hé-ritage de nos Freres d'a-vec le nostre ! Je voy des Enfans égarez revenir en fou-le au sein de leur Mere ; la Justice & la vérité détruire les œuvres de ténebres & de mensonge ; une nouvelle E-glise se former dans l'encein-te de ce Royaume ; & l'Hé-résie née dans le concours de tant d'intérests & d'intri-gues, accruë par tant de fa-ctions & de cabales, forti-fiée par tant de guerres & de révoltes, tomber tout d'un

coup comme un autre Je-
rico, au bruit des Trompet-
tes Evangeliques , & de la
Puiſſance ſouveraine qui l'in-
vite ou qui la menace.

Je voy la ſageſſe & la piété du Prince excitant les uns
par ſes pieuſes libéralitez, at-
tirant les autres par les mar-
ques de ſa bien-veillance ;
relevant ſa douceur par ſa majeſté , modérant la ſévérité
de ſes Edits par ſa clemence ;
aimant ſes ſujets , & haïſſant
leurs erreurs ; ramenant les
uns à la vérité par la perſuaſion , les autres à la charité par la crainte : toûjours
Roy par autorité , & toûjours
Pere par tendreſſe.

Il ne reſtoit qu'à donner
le dernier coup à cette Secte

mourante : & quelle main
eſtoit plus propre à ce Miniſtere, que celle de ce ſage
Chancelier, qui dans la veüë
de ſa mort prochaine, ne tenant preſque plus au monde,
& portant déja l'Eternité dans
ſon cœur, entre l'eſpérance
de la miſéricorde du Sei-
gneur, & l'attente terrible de
ſon jugement, méritoit d'a-
chever l'œuvre du Prince, ou
pour mieux dire l'œuvre de
Dieu, en ſcellant la révoca-
tion de ce fameux Edit, qui
avoit couſté tant de ſang &
tant de larmes à nos Peres ?
Souſtenu par le zele de la
Religion plus que par les forces de la nature, il conſa-
cra par cette ſainte fonction
tout le mérite & tous les

travaux de ſa Charge.

On vit couler de ſes yeux, que ſa foy ſeule ſembloit tenir encore ouverts , ces larmes heureuſes que tiroit de ſon cœur attendri la piété du Roy & la réunion de ſon Peuple. On vit tomber de leur propre poids ces mains fatales à l'erreur , qui ne devoient plus ſervir deſormais à aucun office humain & terreſtre. Il recueïllit ſon ame, & voyant avec joye le ſalut du Seigneur , & la révélation de ſa vérité répanduë dans toute la France , il acheva le ſacrifice de cette vie mortelle , dont il avoit eû ſans émotion & ſans crainte l'affreux appareil préſent depuis pluſieurs jours.

Il l'avoit bien connu, MES-
SIEURS, que cette dignité
& cette gloire dont on l'honoroit, n'eſtoit qu'un Titre
pour ſa ſépulture. Au milieu
des grandeurs humaines il en
découvrit le néant : il ſe vit
mortel, & ſe ſentit tel que
nous le voyons aujourd'huy.
Illuſtres Teſtes qui m'écou-
tez, voyez cette Pompe fu-
nebre ; liſez ces triſtes cara-
cteres qui font l'Eloge de ce
Miniſtre, & apprenez où doivent aboutir vos deſſeins,
vos prétentions, & vos fortunes, ſi vous ne les ſouſtenez
par vos bonnes œuvres, & ſi
vous ne préparez, comme
luy, par vos prieres, par vos
larmes, par l'uſage des Sacremens, une mort qui ne laiſ-

ſera pas un long eſpace à la
correction & au repentir ,
ou à la ſanctification de vos
Ames.

Comme il avoit vécu ſans
paſſions, il mourut tranquille.
Il n'y eut point dans ſon
eſprit de foibleſſe à ménager.
La chair & le ſang n'amoli-
rent pas ſon courage. La mort
ne luy fut pas amere , parce
qu'il n'avoit pas mis ſa paix
dans ſes proſpéritez ni dans
ſes richeſſes. On n'eût pas
beſoin de chercher pour luy
ces tours ingénieux , qui ne
font entrevoir aux malades le
danger où ils ſont , qu'au travers de feintes promeſſes , ou
de vaines eſpérances de gué-
riſon. Il ne fallut pas em-
prunter la voix d'un Prophete

inconnu , pour luy dire com-
me à Ezéchias , *Vous mour-* *Reg. 4. 20.*
rez. Un Fils oſa rendre ce
triſte & charitable office à
ſon Pere ; & la fidélité de
l'un, fit voir la réſignation de
l'autre.

    Il receût ſans trembler la *2. Cor. 2.*
réponſe de mort , comme par-
le l'Apoſtre. On vit en luy
cette triſteſſe de penitence
qui opere le ſalut , & non pas
cette douleur d'inquiétude &
d'abbattement qui porte au
péché ; une confiance ſans
préſomption , & une crainte
ſans foibleſſe ; une ſublimité
chreſtienne , ſans aucun mé-
lange de vanité philoſophi-
que , d'autant plus dangereuſe à l'extrémité de la vie ,
que l'homme prés d'eſtre ju-

gé, doit s'humilier davantage
devant ſon Juge.

Que ſi le commerce des
hommes, & la diſſipation de
l'eſprit, inévitable dans les
grands emplois ont laiſſé
quelque impureté dans une
vie auſſi ſage & auſſi chreſtienne : achevez, mon Dieu,
de purifier par le Sang de
voſtre Fils cette Ame que
vous avez conduite dans les
voyes de la vérité & de
la juſtice, & que vous avez
élûë pour joüir ſans fin de
voſtre amour & de voſtre
gloire.

M. l'Eveſque
de Meaux
officiant.

Sacré Miniſtre de JESUS-
CHRIST, qui dans la Chai-
re Evangelique, avec une é-
loquence vive & chreſtienne,
avez avant moy conſacré la

nemoire immortelle de ce
grand homme, achevez d'of-
rir pour luy cette Hostie innocente & pure qui lave les
pechez & les fragilitez du
monde. Peuples qui ressentez
encore les effets de son exacte
équité, reprenez le Cantique
qu'il avoit commencé des Mi-
séricordes éternelles. Et vous,
vaillans & malheureux Guer-
riers, qui dans cét Hostel
Royal, traisnant les restes de
vos corps au pied de ces Autels, attendant avec patience
une mort que vous avez si
souvent bravée, sacrifiez au
Dieu de la Paix les lauriers
que vous avez cueïllis dans
les Armées, & faites des mal-
heurs de vostre ambition &
de vostre gloire, les fruits de

Misericor-
dias Domini
in æternum
cantabo.
Psal. 88, 2.

voſtre pénitence : redoublez
pour ſon repos éternel , ces
vœux ardens , que vous avez
ſi ſouvent faits pour une vie ſi
utile & ſi précieuſe.

ORAISON FUNEBRE

DE

MARIE, ANNE, CHRISTINE

DE BAVIERE,

DAUPHINE DE FRANCE.

Prononcée dans l'Eglise de Noſtre-
Dame le 15. Juin 1690. en pre-
ſence de Monſeigneur le Duc de
Bourgogne, de Monſieur, & des
Princes & Princeſſes du Sang.

ORAISON

ORAISON FUNEBRE

DE

MARIE, ANNE, CHRISTINE

DE BAVIERE,

DAUPHINE DE FRANCE.

Dies mei ficut umbra declinaverunt, & ego ficut fœnum arui : tu autem, Domine, in æternum permanes. Pfal. 101.

Mes jours fe font évanoüis comme l'ombre , & j'ay feché comme l'herbe : mais vous, Seigneur , vous demeurez éternellement. Dans le Pfeaume 101.

ONSEIGNEUR,
C'eit ainfi que parloit au-trefois un Roy felon le cœur

Tome II.   G

de Dieu , quand ſes jours
défaillans , & ſes infirmitez mortelles l'approchoient
du tombeau, & luy laiſſoient
encore un reſte de vie , pour
ſentir ſa langueur & ſa chûte , & pour adorer la grandeur & la durée éternelle du
Dieu vivant.

Defecerunt
ſicut fumus
dies mei.

Il regarde ſa vie , tantoſt
comme la fumée qui s'éle-
ve , qui s'affoiblit en s'élevant , qui s'exhale & s'évanoüit dans les airs : tantoſt comme l'ombre qui s'é-
tend , ſe rétreſſit , ſe diſſipe ;
ſombre , vuide , & diſparoiſ-
ſante figure : tantoſt comme l'herbe qui ſéche dans
la prairie , qui perd à midy
ſa fraîcheur du matin , & qui
languit & meurt ſous les mê

mes rayons du Soleil qui l'a-
voit fait naiſtre. De combien
de triſtes idées ſon eſprit eſt-
il occupé , & combien trou-
ve-t'il par tout d'images ſenſibles de nos fragiles plaiſirs, & de nos grandeurs paſ-
ſagéres ?

Mais lors qu'il ſe regarde
du côté du Seigneur , comme une de ces Creatures qui
ſont faites pour le loûer ,
comme un de ces Rois qui
doivent ſervir à ſa gloire ,
il demeure en ſuſpens entre
la confuſion & la confiance. Il excite ſon humilité à
la veuë de ſon neant ; il ani-
me ſes eſperances à la veuë
de la bonté & de l'éternité
de Dieu. Il voit une vanité qui paſſe , & il dit : Vous

*Populus
creabitur,
laudabit Do-
minum.*

*Reges ut
ſerviant Do-
mino.*

G ij

Mutabis eos & mutabuntur.

les changerez , Seigneur , &
ils feront changez : Il voit
une verité qui demeure , &

Tu autem idem ipfe es.

il s'écrie : Pour vous , mon
Dieu , vous êtes toûjours le
mefme , & vos années ne

A facie iræ & indignationis tuæ, quia elevans allififti me.

finiffent point : il tremble à
la face de l'indignation &
de la colere de ce Dieu ,

Quia tempus miferendi ejus.

qui coupe le fil de fes jours,
& qui le brife aprés l'avoir
élevé ; mais il fe raffure par
la penfée de fes mifericordes,
qui fe réveillent ordinairement dans le temps de nos
plus grandes miferes.

Ne connoiffez-vous pas ,
Messieurs , dans les fen-
timens de ce Prince , ceux de
la Princeffe que nous pleurons ? Ne vous femble-t'il
pas qu'elle vous dit d'une

voix mourante : La lumie-
re de mes yeux s'éteint , un
nuage fans fin fe leve entre
le monde & moy : je meurs,
& je m'échappe infenfiblement à moy - mefme , triftes
momens ! terme fatal de ma
languiffante jeuneffe ! Mais
fi je fens qu'il n'y a qu'un
petit nombre de jours pour
moy , je fçay auffi qu'il y a
des années éternelles. La main
qui me frappe , me foûtien-
dra ; & comme par la loy
du corps je tiens à ce Monde qui paffe : par l'efperance
& par la foy je tiens à Dieu
qui ne paffe point.

Si je venois déplorer icy
la mort impréveuë de quelque Princeffe mondaine , je
n'aurois qu'à vous faire voir

G iij

le Monde avec fes vanitez
& fes inconftances : cette
foule de figures qui fe prefen-
tent à nos yeux , & s'évanoüif-
fent : cette revolution de
conditions & de fortunes, qui
commencent & qui finiffent,
qui fe relevent & qui re-
tombent : cette viciffitude
de corruptions , tantoft fe-
cretes , tantoft vifibles , qui
fe renouvellent : cette fuite
de changemens , en nos corps
par la défaillance de la nature , en nos ames par l'in-
ftabilité de nos defirs ; enfin , ce dérangement uni-
verfel & continüel des chofes humaines , qui tout naturel & tout défordon-
né qu'il femble à nos yeux ,
eft pourtant l'ouvrage de

la main toute - puiſſante de Dieu, & l'ordre de ſa Providence.

Mais, graces au Seigneur, je viens loüer une Princeſſe plus grande par ſa Religion que par ſa naiſſance ; & vous montrer, au lieu des fragilitez de la Nature, les effets conſtans de la Grace : des Vertus Evangeliques pratiquées en eſprit & en verité, des Sacremens reçûs avec des ſentimens d'une devotion exemplaire, des prieres attentives & perſeverantes : une volonté ſoûmiſe & conforme à la conduite de Dieu ſur elle : des ſouffrances unies à celles de JESUS-CHRIST crucifié : des conſolations venuës du

sein du Pere des misericordes , des esperances immobi-
les , fondées sur celuy qui
Malach. 3. dit dans l'Ecriture : *Je suis
Dieu , je ne change point.*
Récüeillons ce discours , &
réduisons – le à vous faire
voir une vie courte , mais
toute reglée par la sagesse ,
une longue mort soûtenuë
par la resignation , & la
patience. Ces deux Réflé-
xions composeront l'Eloge
de TRES-HAUTE , TRES-
PUISSANTE , TRES-EX-
CELLENTE PRINCES-
SE MARIE , ANNE ,
CHRISTINE , VIC-
TOIRE DE BAVIE-
RE , DAUPHINE DE FRAN-
CE.

I. PARTIE

Quel eſt donc mon deſſein , MESSIEURS , & de quelle ſageſſe dois-je icy vous entretenir ? Ce n'eſt pas de celle du Siecle , qui s'empreſſe & qui s'inquiéte , qui conduit des intrigues , qui démêle des intereſts , qui traitte d'affaires , qui cauſe ou qui termine des differends. Vous ne verrez dans ce Diſcours , ny ces digreſſions politiques qu'on accommode au ſujet avec art , & qu'on raméne à la Religion avec peine : ny ces portraits ingenieux , où l'imagination vive & hardie fait voir , comme en éloignement , les agitations preſentes du Monde , avec les intereſts & les paſſions des grands Hommes.

G v

qui le gouvernent.

L'Histoire de nostre Princesse n'est pas liée à celle
du siecle ; elle n'a nulle part
à la guerre , ny à la paix
des Nations. Ses actions n'ont
point de plus grand éclat que
celuy que la vertu donne : La
Providence de Dieu ne s'est
pas tant servie d'elle pour
faire de grandes œuvres , que
pour donner de grands Exemples. Quelque honorée qu'elle ait esté , elle a eu moins
de reputation que de merite ; & nous pouvons dire
d'elle, à la lettre , ce que di-
soit le Roy Prophete , Que
toute la gloire de la fille du
Roy est renfermée au dedans
d'elle : *Omnis gloria filiæ Re-
gis ab intus.*

Pf. 44.

Je parle donc de cette fageffe, qui montre à chacun
les régles & les bien-féances
de fon état, qui donne le
difcernement pour connoiftre,
& la prudence pour agir,
qui fepare les veritez des il-
lufions, qui fe fait des préceptes de bien vivre, & qui
les obferve. Enfin, de cette
fageffe dont parle l'Apoftre
Saint Jacques ; *Qui vient* Epift. c. 3¶
d'en-haut, qui eft chafte,
paifible, modefte, équitable,
fufceptible de tout bien, do-
cile, pleine de mifericorde,
& de fruits de bonnes œu-
vres, qui ne juge point, &
qui n'eft point diffimulée. Eft-
ce la Sageffe qu'il loüe ? Eft-
ce la Princeffe ? L'une, &
l'autre, ce n'eft prefque

qu'une mefme chofe.

Avec quelle moderation a-
t'elle ufé des avantages que
luy donnoient fon rang & fa
naiffance ? Qui ne fçait qu
la Maifon de Baviére eft
une de ces Maifons augu-
ftes, où la puiffance, la valeur & la pieté fe per-
petuënt, & dont la gloi-
re ne vieillit point avec le
temps. Il en eft forti des Rois
& des Empereurs, il y
eft entré des Imperatrices &
des Reines. Combien de fiecles faut-il percer pour découvrir fon origine ? Combien de Couronnes faut-il
unir pour compter fes alliances ? Et combien faudroit-
il rapporter de Noms &
d'Actions héroïques, pour la

faire voir dans tout son é-
clat ?

Madame la DAUPHINE,
je l'avoüe, ne fut pas insensible à cette espece de gloire, mais elle n'en fut pas
éblouïe. Elle fondoit sa grandeur sur les exemples, plûtost que sur les titres de ses
Ancêtres ; l'idée qu'elle a-
voit de sa Naissance, excitoit
dans son cœur, non pas une
élevation d'orgüeil, mais une
émulation de vertu, & la
pureté du Sang ne fit que
servir de motif à la pureté
de ses mœurs ; Elle sçavoit
que Maximilien son Ayeul
soûtint par son zele & par
son courage les Autels que
l'Héréfie avoit ébranlez, &
sauva la Religion attaquée

& chancelante dans l'Allemagne. Elle n'ignoroit pas
que Guillaume, son Bisayeul,
aprés avoir sagement gouver-
né ses Etats, s'en démit par
une abdication volontaire,
pour joüir d'une sainte tranquillité dans une retraite re-
ligieuse. C'est de-là qu'elle
tiroit ces principes de religion & de retraite, & ce
desir qu'elle avoit eu dans ses
jeunes ans de renoncer tout-
à-fait au monde.

Mais Dieu la reservoit
dans les thresors de sa Providence, pour donner à la
France, par son heureuse fe-
condité, la seule benedic-
tion qui luy manquoit. La
prudente Adelaïde meditoit
ce noble dessein. Occupée

de la puissance & de la majesté de nos Rois dont elle sortoit, quel soin ne prit-elle pas de son enfance ? Combien de fois demanda-t'elle au Ciel dans ses priéres, d'approcher la fille du Trône, où la mere avoit autrefois esperé de monter ? Avec quelle application luy forma-t'elle une humeur sage, un esprit juste, un cœur François ? heureuse, si elle eût pû faire passer ces inclinations dans le reste de sa Famille. Ses vœux furent enfin accomplis, mais elle ne vit pas le jour du Seigneur, elle mourut, comme Moïse, *Deuter.* 32. sur la montagne ; & Dieu, pour sa consolation, se contenta de luy montrer de loin la Terre promiſe.

Cependant la reputation
de cette jeune Princeſſe croiſ-
ſoit avec l'âge. Sa prudence avancée luy tenoit lieu
d'éducation. Elle ſe fit dans
ſon Palais une cour , & une
retraite ; & par la force de
ſa raiſon , elle apprit l'art de
parler & de ſe taire. On vit
paroiſtre en elle ce que nous
avons depuis admiré , la retenuë qu'inſpire la ſolitude ,
la politeſſe que donne l'uſage du monde , une fierté noble, qui marquoit la grandeur
de ſa naiſſance , une ſcrupuleuſe pudeur qui marquoit le
fond de ſa vertu : une vivacité qui luy faiſoit ſouvent
prévenir les penſées des autres : une ſageſſe qui luy don-

noit toûjours le temps de pe-
fer les fiennes : une bonté
prête en tout temps à faire le bonheur des uns , à
foulager les peines des autres ; une fincerité qui la
rendoit incapable de diſſimu-
ler , ny par gloire , ny par
foibleſſe : une fidelité invio-
lable dans fes amitiez & dans
fes paroles. Enfin , une pieté qui n'eſtoit ny auſtére ny
relâchée , qui fe faifoit honorer de tous, & ne fe faifoit
craindre à perfonne.

Toutes ces grandes qua-
litez brillérent à fon arrivée.
Souvenez‑vous , Messieurs ,
de ces jours heureux , où
parmy les vœux & les ac-
clamations des Peuples , elle
parut au milieu d'une Cour

pompeufe , avec un air qui
n'avoit rien ny d'étranger ,
ny de contraint ; avec une
grace plus eftimable & plus
touchante que la beauté même. Vous la viftes foûtenir
les favorables regards du plus
grand Roy du monde , avec
les fentimens d'une joye modefte , & d'une humble reconnoiffance : allumer au
pied des Autels , à la vûë
d'un aimable & royal Epoux
les feux facrez d'un chafte
Mariage , & recevoir le
hommages qu'on luy ren-
doit , avec un vifage auffi
doux & auffi riant que fa
Fortune. Applaudie de tous
mais à fon tour, affable & ci-
vile à tous , elle prévenoit
ceux-cy , répondoit honnefte-

ment à ceux-là , donnant au rang & au merite des préferences d'inclination & de juſtice , ſans faire des mécontens ny des envieux , conſervant de ſa dignité , ce que luy en faiſoit garder la bienſéance , & ne comptant pour rien ce que ſa bonté luy en faiſoit perdre.

Mais quoy ! oubliai-je mon triſte ſujet ? & comment accordai-je icy le ſouvenir de ces joyeuſes ſolemnitez à cét appareil de cérémonies funébres ? Il eſt juſte , Messieurs , que vous eſtimiez la perte que vous avez faire , que vous ſçachiez les joyes auſſi bien que les douleurs que Madame la Dauphine a reſſenties , & que

vous connoissiez le bon usage qu'elle a fait des biens , &
des maux de la vie.

Quelle fut la moderation
de son esprit ? Vous parle-
rai-je de ces Audiances où
elle recevoit les Ambassa-
deurs , entrant dans les in-
rests de chacun , & parlant à
chacun sa langue , accompa-
gnant les honneurs qu'elle
leur faisoit, d'un air de grandeur & d'intelligence , &
joignant toûjours à l'élegan-
ce du discours , les graces
de la modestie ? Vous diray-
je avec quel discernement elle jugeoit des ouvrages d'esprit ? Quelle justesse , mais
aussi quelle circonspection é-
toit la sienne : exacte sans
critique, indulgente sans flat-

...erie , loüant par connoif-
...fance , excufant par inclina-
...tion, & ne blâmant que par
...neceffité. Elle fe défioit de
...es lumiéres : une fage timi-
...lité luy fit prefque toûjours
...fupprimer une partie de fon
...avis , bien loin de décider
...comme la plûpart des per-
...fonnes de fon élevation & de
...fon fexe , qui pour faire va-
...loir leurs fentimens , fe fer-
...vent de l'authorité qu'elles
...ont , & de la complaifance
...qu'on a pour elles.

...Combien eftoit-elle plus
...retenuë en matiére de Re-
...gion ! éloignée de curio-
...té & de préfomption , el-
...le ne fçavoit que deux cho-
...fes , obéïr , croire. Elle ne
...refufoit pas d'eftre inftruite ,

mais elle n'avoit pas befoin
d'eftre convaincuë , allant à
Dieu par la docilité de fon
cœur , non pas par l'agita-
tion de fon efprit. Le moindre bruit de divifion dans
l'Eglife la faifoit trembler.
Les différends & les difputes des Théologiens allar-
moient fa pieté d'autant plus
craintive , qu'elle eftoit conftante & folide ; & comme
on voulut quelquefois luy faire entendre la diverfité des
opinions & des doctrines :
Laiſſez-moy , difoit-elle , *mon*
heureuſe ignorance , *& ne*
m'ôtez pas le merite & la
tranquillité de ma foy. Attachée au Saint Siege & à
l'Eglife de Jesus-Christ
par les liens de paix , de

charité & d'obéïſſance, elle
ſçavoit, que tout Fidele doit
captiver ſon entendement ;
que comme il y a une voye
étroite qui reſſerre les mœurs
dans les regles de l'Evangile, il y a auſſi un chemin
étroit qui reſſerre l'eſprit
dans la créance de l'Egliſe ;
& qu'enfin Dieu ne deman-
de pas aux perſonnes de ſon
ſexe une ſublime raiſon, ni
une ſcience faſtueuſe : mais
une devotion tendre, & une
foy ſimple accompagnée d'un
humble ſilence.

2. Cor. 10.

Leon Serm.
24. c. 1.

N'eſt-ce pas cette Foy qui
la conduiſit & la regla dans
tous les offices de la vie
chreſtienne ? Quel ordre &
quelle attention dans ſes prieres ! elle s'y prepare par le

recueïllement , s'y foûtient
par la ferveur , s'y perfec-
tionne par les defirs , les re-
folutions , & la vigilance.
Son imagination fe purifie ,
les idées du Monde s'éloi-
gnent au moindre fignal
qu'elle leur donne , & fon
cœur par une fainte habitude fe rend à elle , ou plûtoft à Dieu , aux heures qu'elle a marquées , pour implorer fes mifericordes , ou pour
reciter fes loüanges. Entre-
t'elle dans les Lieux faints
pour affifter aux facrez Myfteres ? profternement , adoration , filence. Elle porte à
l'Agneau fans tache , immo-
lé fur l'Autel , des vœux fincéres, des penfées pures , des
affections fpirituelles , l'obla-
tion

tion d'un cœur contrit & re-
connoiſſant, & le ſacrifice de
ſes paſſions détruites, ou du
moins humiliées.

Quels égards n'avoit-elle
pas pour les Preſtres de JE-
SUS-CHRIST, qu'elle con-
ſideroit comme les Miniſtres
de ſa Loy, & les Diſpenſa-
teurs de ſon Sang & de ſa
Parole ? Ecoutez, eſprits mo-
queurs & libertins, qui prenez plaiſir d'abbaiſſer ceux
que Dieu éleve, & qui cher-
chez aux dépens de leur caractére, le ridicule de leur
perſonne. Elle ne ſoufroit pas
qu'on touchât aux Oints du
Seigneur, les honorant lors
meſme qu'ils ſembloient ſe
rendre mépriſables, couvrant
leurs foibleſſes par ſa chari-

té , & voyant au travers des
défauts de l'humeur & de
l'efprit de ceux que Dieu
fouffroit dans fes Miniftéres ,
l'honneur de leur vocation ,
& la dignité de leur Sacerdoce. Quelle eftoit fa regu-
larité dans les obfervances de
l'Eglife , qu'elle regardoit ,
non pas comme des couftu-
mes de bienféance , ou des
inftitutions d'une difcipline
arbitraire , mais comme des
regles & des pratiques de falut , dont elle ne fe difpen-
fa jamais , qu'après avoir exa-
miné fes befoins , & rendu à
fes Pafteurs les déferances neceffaires.

De ce mefme principe de
religion & de fageffe nâ-
quit cette bonté fi connuë

& si éprouvée. Que ne puis-
je vous découvrir icy les inclinations genereuses de cette
Princesse bienfaisante , liberale , & charitable ! A qui
refusa-t'elle jamais ses assistances ? A qui ne fit-elle pas
tout le bien qui dépendît
d'elle ? A qui ne soûhaitta-
t'elle pas tout celuy qu'elle
ne put faire ? Je réveille icy,
sans y penser , Maison déso-
lée de cette Princesse , vôtre
tendresse & vôtre douleur , par
le souvenir des bienfaits , ou
de l'esperance qui vous res-
toit de la protection d'une si
bonne & si puissante Maistres-
se. Elle alloit à la source des
graces avec une humble confiance. Elle employoit auprés

H ij

du Roy fes follicitations & fes
priéres , prudente fans timi-
dité , preffante fans indifcre-
tion , montrant plus d'impatience dans fes defirs , que
dans fes demandes , attendant
de la bonté du Prince plus
que de fon propre credit , les
graces qu'il voudroit luy faire. Elle en revenoit toûjours
fatisfaite , foit qu'elle rap-
portât des biens prefens , ou
des promeffes pour l'avenir ;
également reconnoiffante de
ce qu'on luy accordoit avec
plaifir , ou de ce qu'on luy re-
fufoit avec peine.

Combien de Lampes pré-
cieufes qui brûlent dans les
Sanctuaires ! Combien de Va-
fes facrez qui fervent à la
gloire du Saint Sacrifice

Combien de dons brillans
suspendus devant les Autels,
sont des monumens éternels
de sa foy & de sa pieté
liberale ! Combien de Familles & de Communautez,
chancelantes ont esté soûte-
nuës par les secours qu'elle
leur donnoit ! Que vous diray-je, MESSIEURS, de sa
charité ? que la compassion *Job. 31.*
sembloit estre née avec elle :
qu'elle a étendu sa main sur *Proverb. 31.*
le pauvre ; qu'elle n'a pas fait
attendre inutilement la veuve avec l'orfelin ; que l'a-
bondance de ses aumônes a
répondu à la tendresse de
son cœur ; qu'elle a soulagé
autant de miserables qu'elle
a connu de veritables miseres ; & qu'enfin, à l'exem-

ple du Dieu qu'elle fervoit, elle a efté riche en mifericorde.

Ephef. 2.

Attentive à tout ce qui peut fervir le prochain, elle ne l'eft pas moins fur tout ce qui peut le bleffer. Qui de vous, fur des bruits incertains, l'oüit jamais parler defavantageufement de perfonne ? Ne fe fit-elle pas une religion de donner un frein à fa langue, en un fiecle où l'on blâme indifferemment les vices & les vertus, où l'on fe fait une étude des défauts d'autruy, où la malignité des uns fe joüe de la foibleffe des autres : où par un jufte jugement de Dieu, la vanité infulte à la vanité ; & où les plus fages ont

peine à fe fauver de l'iniquité des jugemens & de la con-
tradiction des langues. E-
chapa-t'il jamais à fon efprit
vif & prefent , quelqu'une de
ces railleries d'autant plus
piquantes , qu'elles font plus
ingenieufes , qui cachent beau-
coup de venin fous peu de
paroles , & donnent la mort
en riant , felon le langage de *Proverb.* 10.
l'Ecriture ?

C'eftoit fa maxime que la
raillerie ne convient pas à
ceux qui font élevez au-def-
fus des autres , que les traits
qui partent d'en - haut , font
des bleffures plus profondes ;
qu'il eft inhumain de s'en
prendre aux gens à qui la
crainte & le refpect oftent
la liberté de fe défendre &

H iiij

de se plaindre , & que de
tels discours sont empoison-
nez , & par la dignité de
celuy qui parle , & par la
maligne & flatteuse approbation de ceux qui écou-
tent.

Que si la faute d'un do-
mestique , car peut-on estre
toûjours si juste & si fidéle
dans ses devoirs ? ou si la
force de ses maux , car peut-
on posseder toûjours son ame
dans sa patience ? avoient
comme arraché d'une bou-
che si sage & si circonspecte,
une parole plûtost severe que
fâcheuse , quel soin ne pre-
noit-elle pas d'adoucir & de
guérir la playe qu'elle avoit
faite ? Elle excusoit l'action,
elle loüoit l'intention , elle

offroit ou rendoit ſes bons
offices, accordant le pardon,
comme ſi elle l'eût demandé,
& juſtifiant la promptitude
de ſon eſprit, par la conſ-
tance & par la bonté de ſon
cœur.

Mais ſi elle mit une gar-
de de prudence ſur ſes lévres, pour les fermer à la mé-
diſance : elle mit auſſi, ſelon le conſeil du Sage, une
haye d'épines autour de ſes
oreilles, pour arreſter & pour
piquer les médiſans. Recon-
noiſſez icy voſtre ignorance
ou voſtre injuſtice, vous qui
prêtez l'oreille au menſonge,
& qui par honneur ou par
conſcience renonçant à debi-
ter les médiſances, vous eſtes
reſervé le droit de les croire,

*Sepi aures
tuas ſpinis,
Eccl. 28.*

H v

& le plaisir de les écouter.
Que faites-vous par vos cre-
dulitez & vos complaisances ?
Vous animez le médisant ;
vous réchauffez le serpent qui
pique, afin qu'il pique plus
surement : vous ne voulez
pas estre l'assassin, mais vous
devenez le complice ; & c'est
à tort que vous croyez estre
innocent du sang de vos freres, quand par vos applaudissemens, vous aiguisez les
fléches dont on les perce :
& qu'au lieu de les proteger,
vous appuyez le bras qui les
tuë. *Garde-toy d'écouter la*

Ecl. ibid.

méchante langue, dit le Sage, *ne t'avise pas d'estre*
complaisant à ceux qui par-
lent mal du prochain, si tu
ne veux porter leur peché,

dit-il encore ; Et quelle marque donne le faint Efprit de
la juftice & de l'innocence
d'un homme de bien ? C'eft
de n'avoir pas reçû favora-
blement l'opprobre & la mé-
difance contre fes freres : *Qui* *Pfalm.* 14]
opprobrium non accepit adver-
fus proximos fuos.

Ce fut-là le caractere de
Madame LA DAUPHINE,
bien loin d'avoir de la cre-
dulité, elle n'eut pas mefme
en ces occafions de la patience. Elle rompit l'iniquité,
& fit la guerre au détrac-
teur. Combien de reputations
innocentes fauva-t'elle des
mauvais bruits qu'alloit fe-
mer la haine d'un ennemy,
ou la jaloufie d'un concur-
rent ? Combien de fois par

H vj

un trifte filence , ou par
un fevére regard étouffa-t'elle dans fa naiffance , une ca-
lomnie qui auroit caufé des
divifions éternelles ? Combien de fois arrefta-t'elle par
authorité le coup mortel ,
qu'une langue cruelle alloit
porter à l'honneur ou à la fortune d'une famille ?

Qu'attendez-vous d'une vie
fi fage & fi chreftienne : Ce
qui en eft la fuite & la re-
compenfe , une Mort foû-
tenuë par une fainte refigna-
tion, & par une heureufe patience.

II. PARTIE. *Soit que nous vivions, foit*
que nous mourions , nous
fommes au Seigneur, dit l'A-
poftre. C'eft luy qui m'a fait

& qui m'a créé, & qui me reduit au neant fans que je le fçache, je reconnois en l'un & en l'autre fa fouveraineté, & ma dépendance. Mais quoy que nous vivions en Dieu, & que Dieu nous faffe vivre, il femble qu'en mourant nous foyons encore plus à luy. Il étend fa main, & il déploye fur nous fa puiffance, il entre en poffeffion pour l'éternité & de nos corps & de nos ames: il confomme en nous fes mifericordes ou fes juftices, il nous arrache au Monde, à nos plaifirs, à nous-mefmes; & dans cét eftat de féparation & d'humiliation, nos volontez à fon égard, doivent eftre plus patientes & plus foûmifes.

Telle eſtoit la diſpoſition de noſtre Princeſſe. Je n'ay fait juſques icy que loüer d'heureuſes vertus, & qu'a‑maſſer, pour ainſi dire, les fleurs qui parent la victime. Je viens à celles que produit la tribulation, & qui font l'appareil & la conſommation du Sacrifice. N'attendez pas, MESSIEURS, que je mé‑nage vos eſprits, ou que par des figures étudiées je flat‑te ou j'irrite voſtre douleur. La mort de Madame LA DAUPHINE eſt une de ces morts prétieuſes qui couron‑nent une belle vie, qui font naître les soûpirs, & qui les étouffent ; & qui aprés a‑voir attendri par la compaſ‑ſion, raſſurent par la pieté,

& confolent par l'efperance.

Elle s'y prépara par la retraitte. Elle connut les inutilitez & les corruptions du Monde ; & je ne fçay quels préffentimens d'une fin prochaine luy en donnérent du dégoût. On la vit renoncer infenfiblement aux plaifirs , & fe faire une folitude , où elle pût fe dérober à fa propre grandeur , & joüir d'une paix profonde au milieu d'une Cour tumultueufe.

Je fçay ce que vous penfez , MESSIEURS , que les Princeffes comme elle , ne font pas faites ordinairement pour la folitude : qu'elles fe doivent au Public ; qu'encore qu'elles ne veüillent ê-

tre qu'à Dieu , leur condition les oblige à fe prefter
quelquefois au monde ; pour
eftre comme les liens entre
les Souverains , & les Sujets
qui les approchent : pour remplir les jours vuides des Courtifans , & leur ofter l'ennuy
d'une trifte & penible oifiveté : pour calmer & fufpen-
dre par d'honneftes & neceffaires divertiffemens , les paffions fecrettes qui les devo-
rent , & pour entretenir entr'eux la paix & la focie-
té , en les raffemblant tous
les jours auprés du Trône
qu'ils réverent.

Mais qui ne fçait , que felon l'Apoftre , *Nous ne fom-*
mes pas debiteurs à la chair,
pour vivre felon la chair ;

Rom. 8.

que le détachement du Monde eſt la premiére vocation ,
& le premier vœu de l'Ame
Chreſtienne , & que la Religion de J E S U S - C H R I S T
eſt une Religion de ſépara-
tions & de ſolitudes. Il y a ,
direz-vous , un éloignement
d'eſprit & de mœurs , & une
retraitte en ſoy-meſme , qui
dans le commerce des hom-
mes , ſéparent inviſiblement
les Juſtes d'avec les pecheurs,
& mettent les uns à couvert
des diſſipations & des convoi-
tiſes des autres.

Mais qu'il eſt difficile ,
qu'au milieu de tant de paſſions , ſi l'innocence ne ſe
perd , du moins elle ne s'af-
foibliſſe ! A force de voir la
vanité , on s'accoûtume à la

connoiſtre & à l'aimer. De
tant d'objets qui frapent les
ſens, il s'en trouve toûjours
quelques-uns qui ſe gliſſent
juſques au cœur : Et les Ss.
Peres nous enſeignent, qu'il
y a dans le ſiécle, des ſeduc-
tions imperceptibles, & qu'il
faut moins de force à y renoncer, qu'à s'y maintenir a-
vec la ſageſſe & la moderation
que Dieu demande.

Saintes veritez, dont noſtre
Princeſſe eſtoit penetrée, que
n'eſtes-vous connuës à ces
Ames, diray-je trompeuſes,
diray-je trompées ? qui pour
plaire à Dieu, & pour plaire aux hommes, accommo-
dent la Religion avec les
plaiſirs, regardent quelquefois le Ciel, ſans perdre la

terre de vûë, & se font honneur d'une devotion qui n'ex-
clut pas les empressemens ni
les affections du siecle ; comme si l'on pouvoit mêler aux
graces de JESUS-CHRIST,
les consolations & les joyes
humaines, & joüir de la paix
de la sainte Sion, parmi les
troubles & la confusion de Ba-
bylone.

Madame LA DAUPHINE
voulut éviter ces dangers.
Jeux, conversations, specta-
cles, rien ne la tira de sa
solitude. L'exemple recent
d'une Reine, que la France
admirera & pleurera éternellement, luy paroissoit au-des-
sus de la portée de sa vertu.
Que suis-je, disoit-elle, *auprés d'une Sainte, en qui*

la grace avoit purifié tous les sentimens de la Nature, également pieuse dans ses austeritez & dans ses condescendances, qui sçavoit trouver Dieu, là-mesme où souvent les autres le perdent ? Ainsi retenuë par une triste & secrette langueur, tantost elle cultivoit son esprit par la lecture des Histoires édifiantes, & nourrissoit sa pieté du suc & de la substance des saintes Ecritures. Tantost occupée à l'ouvrage, mêlant industrieusement l'or à la soye, *Proverb. 31.* elle employoit l'adresse, & pour parler avec le Sage, le conseil & la prudence de ses mains royales à la décoration des Autels, & à la gloire du Tabernacle. Tan-

toſt , aprés ſes priéres ac-
couſtumées , s'abbaiſſant juſqu'à ſon neant , ou s'élevant
juſqu'à Dieu par la Foy , &
la méditation de ſes Myſtéres, elle luy demandoit ſa grace , & luy offroit un cœur
contrit & humilié.

C'eſt alors , mon Dieu ,
que vous luy parliez dans
la ſolitude , où vous-meſme
l'aviez conduite : vous vouliez qu'elle mourût peu à
peu , & comme par degrez
au monde ; qu'elle perdît
inſenſiblement le gouſt des
plaiſirs & des vanitez ; &
qu'ayant à mourir dans vôtre paix & dans voſtre a-
mour , ſa vie fût auparavant
cachée en vous avec JESUS-
CHRIST.

Quelle vie, MESSIEURS?
une vie ſouffrante & cruci-
fiée. A ce mot, combien de
triſtes objets viennent s'offrir à ma penſée ? Une langueur qui ſemble d'abord plus
incommode que dangereuſe ?
des maux d'autant plus à
plaindre, que n'eſtant pas
aſſez connus, ils n'eſtoient pas
peut-eſtre aſſez plaints ; des
remedes auſſi cruels que les
maux mêmes ; des douleurs
vives & longues tout enſemble : les humiliations de
l'eſprit jointes à celles du
corps : les forces de la nature uſées par le ſoin meſme
qu'on prend de la ſoûtenir ;
l'art des guériſons impuiſ-
ſant, & toutes les reſſources
réduites à la patience, & à la

mort de cette Princeſſe.

Je ne crains pas d'avancer icy le pitoyable recit de ſes peines. Pourquoy ne dirois-je pas, ſans crainte, ce qu'elle a prévû, ce qu'elle a ſouffert ſans foibleſſe ? Elle fit de tous ces maux, comme l'Epouſe des Cantiques, un *Cant. 2.* faiſſeau de myrrhe, qu'elle reçut des mains de ſon bien-aimé, & qu'elle mit dans ſon ſein, comme une marque précieuſe de ſon amour, & de ſes volontez ſur elle. Elle attendit ces mauvais jours que le Ciel luy préparoit, pour en compoſer avec ſoûmiſſion, les exercices de ſa pieté, & le cours de ſa penitence. Elle vit toutes les dimenſions de ſa croix, &

réfolut de s'y laiffer attacher
fans fe plaindre , & de faire
du fupplice de fes pechez, un
facrifice volontaire de fa vie.
Prévenuë des bénédictions ,
& des mifericordes du Seigneur , au travers mefme des
nuages qu'un corps corrupti-
ble & mourant éleve jufques
dans l'efprit, les yeux éclairez
de fa foy découvrirent la main
paternelle qui la frappoit ,
pour éprouver fa fidelité & fa
confiance.

Loin d'étendre fa vûë fur
les efperances trompeufes d'un
heureux avenir , elle fe dit
mille fois : *Le jour du Sei-*
gneur approche. Prés de pa-
roiftre devant le Tribunal de
fa Juftice , elle fe prefenta
fouvent à celuy de fa mifericorde,

Male. 13.

corde , aprés une exacte re-
cherche de ſes actions & de
ſes penſées. Peché, affections
au peché , ombres & ap-
parences de peché , elle
vous pourſuivoit dans les plus
ſecrets replis de ſon Ame ;
Rien n'échappoit aux ſoins
ni aux lumiéres de ſa penitence : elle craignoit tout ;
elle peſoit tout au poids du
Sanctuaire , comptant pour
grand tout ce qui peut dé-
plaire à Dieu , quelque leger
qu'il fût en luy-meſme , &
conſiderant non pas l'importance du commandement ,
mais la dignité du Dieu qui
commande. Ne vous figurez
pas icy une foibleſſe de ſcru-
pule , mais une délicateſſe de

Tome II. I

vertu, un grand defir de la pureté, & une humilité profonde. Trois jours luy fuffifoient à peine pour regler fes Confeffions ordinaires ; & combien en prit-elle dans le cours de fa maladie, pour repaffer dans l'amertume de fon ame toutes les années de fa vie ; dérobant, pour ainfi dire, à la douleur de fes maux tout le temps qu'elle pouvoit donner au repentir de fes pechez.

Vous, qui dans vos Confeffions précipitées, n'examinez que la furface de voftre ame, qui ne pouvez haïr vos pechez, que vous ne vous donnez pas le temps de connoiftre ; qui fous un air de Penitent, portez encore un cœur coupable , qui ne vous préfentez au Sacrement de reconciliation , que pour ar-racher à l'Eglife une abfolu-tion qui vous lie encore da-vantage , & qui femblez, en retenant une partie de vos fautes , ne dire l'autre que pour appaifer les remors de vos confciences : condamnez-vous aujourd'hui fur les foins & fur l'exactitude de cette Princeffe.

Lavée ainfi dans le fang de l'Agneau , elle prit de nouvelles forces pour foûte-nir des maux preffans , & pour attendre une Mort tar-dive. Quand elle vient en peu de temps cette mort toû-jours amere , & toûjours cruelle , on n'a pas le loifir

de la voir avec tout ce qu'elle a d'affreux. Les fens ont
toute leur vigueur , on **a** ,
pour ainfi dire , fon ame encore toute entiere ; on op-
pofe à fes maux une conf-
tance ramaffée. La patience
fe foûtient par le defir de
vivre , ou par l'efperance
mefme de mourir. Mais lors
qu'il faut fouffrir une longue & pénible langueur ,
qu'un cœur eft remply d'a-
mertume , & devient à charge à luy-mefme , qu'affoibly
du paffé , accablé du prefent , on eft encore effrayé
de l'avenir , qu'il eft à craindre que l'inquiétude & l'impatience ne diminuënt un peu
la foûmiffion & la foy ! Une
penitence continuée n'eft pas

toûjours également volontaire , & on eſt las de porter
ſa croix, quand il la faut porter ſi loin.

Madame LA DAUPHINE,
dans toute ſa tribulation ,
n'eſt point ſortie des mains
de Dieu , ny de l'ordre de ſa
Providence : elle a veu , ſans
murmurer , le débris de ſon
corps mortel ; & joignant à
la fermeté qu'elle tenoit de
la nature , celle que la pieté luy avoit acquiſe , elle a
ſenty juſqu'où va la miſere
humaine , juſqu'où vont les
miſericordes divines. La maladie ou la ſanté luy devin-
rent indifferentes. Que demanda-t'elle à Dieu dans ſes
priéres ? Sa grace, rien plus.
On faiſoit mille vœux pour

sa guérison : on la prioit d'y joindre son intention. *Quelle intention puis-je avoir*, disoit-elle, *sinon que la volonté du Seigneur s'accomplisse ?* Quel temps pensez-vous qu'elle vouloit donner à ses peines ? autant qu'il en faloit pour expier ses pechez. Combien de fois s'unissant en esprit à JESUS-CHRIST crucifié, luy offrit-elle son cœur & son mal, afin qu'il fortifiât l'un, & qu'il augmentât ou adoucît l'autre ? Combien de fois humiliée, mais non pas abattuë, luy dit-elle avec une humble confiance, comme cét homme de l'Evangile : *Si vous voulez me guérir, Seigneur, vous le pouvez ?* Mais aussi combien de fois

Matth. 8.

l'adorant comme ſa fin & ſon principe, diſoit-elle ces paroles d'un Roy ſoûmis & penitent, Ma vie eſt dans ſa volonté, *Vita in voluntate* ejus, C'eſt ainſi qu'elle s'é-levoit au-deſſus d'elle-meſme, & de la Mort qu'elle crai-gnoit.

Pſal. 29;

La Mort qu'elle craignoit ! ne fais-je point de tort à ſa religion & à ſon courage, & ne me contredis-je point ? Non, MESSIEURS, cette crainte d'amour & de peni-tence n'a rien de lâche. Elle ſe regardoit comme une Pe-chereſſe frappée de la main de Dieu. Elle ſçavoit que les Anges, tout ſpirituels & celeſtes qu'ils ſont, ne ſont pas aſſez purs en ſa preſence.

I iiij

Elle avoüoit qu'il y a dans la grandeur , quoy qu'innocen-te , je ne fçay quel efprit d'orgueïl & de molleffe con-traire à l'humilité & aux fouf-frances de JESUS-CHRIST. Auffi eut-elle recours aux re-medes de l'ame , dans le temps qu'elle méprifoit ceux du corps. Sa confcience acheva de fe purifier , & tout l'appareil de la Mort ne fit que re-doubler fon zele & fa com-ponction.

Avec quels fentimens de reconnoiffance & d'amour re-çut-elle le Saint Viatique ? Que n'eftes-vous à ma pla-ce dans cette Chaire , élo-quent & pieux Prélat , qui portiez ce Pain vivant , avec la parole de vie ! Vous l'a-

M. l'Evêque de Meaux.

vez vû , & vous diriez en
des termes plus énergiques ,
Que la foy ranimant la nature , elle sentit vivement la
charité de JESUS-CHRIST?
qu'elle le vit au travers des
voiles mysterieux qui le couvrent : qu'elle sortit comme
hors d'elle-mesme , pour aller au-devant de luy ; qu'a-
prés d'inutiles efforts pour se
relever , retombant comme
sous le poids de la Divi-
nité présente , par respect ,
moins que par foiblesse , elle reçut ce dernier gage de
son amour , comme le sceau
de sa prédestination éternelle.

Que ne puis-je vous expri-
mer avec quelle présence
d'esprit elle ménagea ce qui

I v

luy reſtoit de momens pré-
cieux , pour délier les nœuds
qui l'attachoient encore au
monde ? avec quelle candeur
elle ouvrit ſon cœur au Roy ,
humiliée devant luy , & touchée non pas de ſa gran-
deur , de ſa gloire , ou de ſa
puiſſance ; Dieu ſeul , devant qui elle alloit compa-
roiſtre , luy paroiſſoit grand :
mais de ſa religion , de ſa
juſtice , de ſa bonté , & du
mérite de ſa perſonne : avec
quelle douceur , elle leva vers
Monſeigneur , ſes yeux mourans & ſes mains tremblan-
tes. Ses yeux qu'elle avoit
toûjours arreſtez ſur luy , comme ſur l'unique objet de ſa
tendreſſe : ſes mains qu'elle
avoit ſi ſouvent levées au

Ciel , lors qu'il s'expofoit à tous les perils de la guerre , & qu'elle occupoit , dans les tranfports de fa joye , à luy préparer des couronnes aprés fes victoires. S'il reftoit encore en fon cœur quelque endroit fenfible, c'eftoit à l'amour, à la gloire, & plus encore au falut de ce Prince.

Tout s'attendriffoit , tout fondoit en larmes : la fainte Onction qu'on luy donnoit , les triftes priérès qu'on faifoit pour elle , la Croix de Jesus-Christ qu'elle embraffoit ; le pardon qu'elle demandoit tantoft à Dieu , tantoft aux hommes ; la compaffion qu'on avoit pour elle, & celle qu'elle avoit pour ceux qui l'avoient fervie, cau-

foient une douleur qui portoit la confolation, mais auffi
le trouble dans l'ame ; elle
feule, MESSIEURS, elle feule demeuroit tranquille.

Maiftreffe de fon efprit, &
toute occupée de fes devoirs,
au milieu mefme des horreurs
de la mort, elle voulut bénir les jeunes Princes fes enfans, celuy-là mefme qu'elle
croyoit eftre l'enfant de fa
douleur ; & récueillant fa force avec fa fageffe : *Voyez,*
dit-elle, *mes Enfans, l'é-*
tat où Dieu m'a mife, &
que cela vous porte à le fer-
vir & à le craindre : Rendez
AU ROY & à MON-
SEIGNEUR, l'obéïffan-
ce que vous leur devez : fou-
venez-vous du fang dont vous

estes sortis , & ne faites rien qui en soit indigne. Prince , qui faites aujourd'huy les esperances & les délices de la France , que pourrois-je vous dire de plus touchant ? Puissent ces efficaces & saintes paroles estre éternellement gravées dans vostre esprit, & dans le temps que sous les ordres du Roy , dont le Ciel a toûjours bény les Armes , un Pere victorieux va par mille Actions éclatantes, vous tracer le chemin de la gloire : puisse le pieux souvenir d'une Mere infirme & mourante , maintenir dans vostre cœur une vive impression de la crainte de Dieu , & de l'humilité Chrestienne.

M. le Duc de Bourgogne.

    Vos souhaits seront accom-

plis , pieufe Princeffe : Fermez, fermez pour jamais vos
yeux à la vanité , que vous
avez connuë & que vous a-
vez méprifée. Pour nous ,
mes Freres , ouvrons-les pour
la connoiftre & pour nous
en défabufer. Quels confeils
nous faut-il ? quelles raifons ?
quels exemples ? Nous voyons
mourir tous les jours nos in-
ferieurs , nos égaux , nos
Maiftres. Nous portons en
nous-mefmes une voix & une
réponfe de mort, comme parle l'Apoftre , une Sentence
qui fe prononce & qui s'exe-
cute inceffamment par l'af-
foibliffement & la diminu-
tion continuelle de noftre vie,
& nous fommes aveugles &
infenfibles. A la vûë de cet-

2. Corinth. 1.

te Mort que nous pleurons, touché de douleur, & baigné de larmes, vous reconnûtes voſtre neant, Grand Roy, & vous dites : *C'eſt ainſi que nous finiſſons : Voilà qui nous égale tous.* Job au milieu de ſes infortunes parloit ainſi : *Celuy-cy meurt dans les proſperitez, & dans les richeſſes, celuy-là dans la miſere & dans l'amertume de ſon ame. Et les uns & les autres dormiront enſemble dans la meſme pouſſiere.* Et vous, lorſque voſtre grandeur & voſtre puiſſance ſemble éclater davantage, vous donnez à vôtre Cour, & prenez pour vous-meſme cette leçon ſi ſalutaire.

Pour nous, MESSIEURS,

nous voyons ce lugubre appareil, & ces tristes cérémonies,
peut-estre sans fruit, & sans
réfléxion sur nous - mesmes.
Une tristesse superficielle com-
pose pour un temps le visage
& la contenance, mais l'esprit
& le cœur n'en sont pas fra-
pez. Nostre penchant nous
porte à des idées plus agrea-
bles ; nous nous livrons à nos
plaisirs, le siécle présent nous
entraîne, les bons ou les mauvais succez nous enflent, ou
nous inquiétent ; nous ne pen-
sons ny à la mort , dont Dieu
nous menace, ny à l'immorta-
lité qu'il nous promet. Si nous
n'estions Chrestiens que pour
cette vie , & si nous n'espe-
rions qu'aux biens de ce monde, nous serions peut estre ex-

cufables ; mais par la grace de JESUS-CHRIST , nous fommes Chreftiens pour l'au-tre vie, & c'eft en Dieu feul que fe fondent nos efperan-ces.

Oublions donc ce qui n'eft que périffable & paffager , pour nous attacher à ce qui eft noftre partage éternel. Et pour finir par où j'ai com-mencé, difons-nous fans ceffe, felon le confeil de Saint Au-guftin : *Toutes chofes paffent comme l'ombre*, pour nous ex-citer à la penitence , ou pour renouveller noftre ferveur ; de peur de dire un jour inutile-ment : *Toutes chofes ont paffé comme l'ombre* ; pour nous re-procher noftre oifiveté , & pour nous plaindre de nos per-

tes irréparables. Fasse le Cie
que nous profitions du temps
des graces & des exemple
que Dieu nous offre ; & qu'a
prés nous estre unis à luy pa
la foy, nous joüissions de luy
par la charité au siécle, de
siécles.

ORAISON FUNEBRE

DE TRES-HAUT ET TRES-PUISSANT
SEIGNEUR

MESSIRE CHARLES

DE
SAINTE MAURE,

DUC DE MONTAUSIER,

PAIR DE FRANCE.

Prononcée dans l'Eglise des Carmelites du Fauxbourg saint Jacques, le 11. Aoust 1690.

ORAISON FUNEBRE

DE MESSIRE

CHARLES DE St.F MAURE,

DUC DE MONTAUSIER,

PAIR DE FRANCE.

Sicut ambulavit in conspectu tuo, in ve-
ritate, & justitia, & recto corde tecum,
custodisti ei misericordiam grandem.

Comme il a marché devant vous, Seigneur,
dans la verité, dans la justice, & dans la droitu-
re de cœur, vous luy avez conservé vostre
grande misericorde. Au Liv. 3. des Rois, ch. 3.

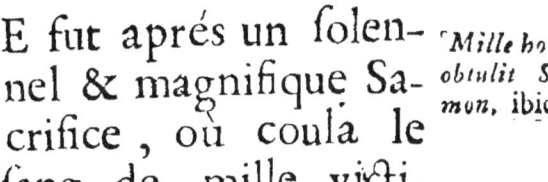

CE fut aprés un solen-
nel & magnifique Sa-
crifice, où coula le
sang de mille victi-
mes, dans la serveur de la

Mille hostias
obtulit Salo-
mon. ibid.

priére, en presence du Dieu d'Israël ; que Salomon déja rempli de son esprit & de sa sagesse, fit cét éloge du Roy son Pere. Et c'est dans la solennité des saints Mystéres, parmy les vœux & les suffrages des Fideles, à la face de ces Autels, où Jesus-Christ Sauveur du monde, Hostie pure & salutaire, se presente aux yeux de ma foy, & s'immole pour les vivans & pour les morts, que j'applique ce mesme Eloge à Tres-haut, & Tres-Puissant Seigneur, Messire Charles de Sainte Maure, Duc de Montausier, Pair de France, Gouverneur de Normandie, Chevalier des

ORDRES DU ROY, CY-
DEVANT GOUVERNEUR
DE MONSEIGNEUR LE
DAUPHIN.

David avoit merité ces
oüanges : ce Roy qui se plai-
soit dans la verité, qui marchoit dans les sentiers de la
justice, qui cherchoit le Seigneur dans toute l'étenduë de
son cœur, qui chantoit dans
la paix les Cantiques de Sion,
qui brisoit dans la guerre la
force des Philistins : ce Roy
selon le cœur de Dieu, obser-
vateur de ses ordonnances,
zelateur de sa sainte Loy,
ami des ames simples & fideles, ennemi des esprits dou-
bles & des mauvais cœurs,
pecheur par fragilité, penitent par réflexion, juste &

ſaint par la grace , & par la
miſericorde de Dieu.

Je viens faire revivre icy les
meſmes vertus , & les meſmes
miſericordes , & vous faire
admirer un Homme qui ne ſe
détourna jamais de ſes devoirs ; qui, pour maintenir la
raiſon, ſe roidit contre la coûtume , qui n'eut jamais d'autre intereſt que celuy de la
verité & de la juſtice ; & qui
ayant eu part à toutes les
proſpéritez du ſiécle , n'en a
point eu à ſes corruptions : un
Homme d'une vertu antique
& nouvelle , qui a ſçu joindre la politeſſe du temps , à
la bonne foy de nos Péres ;
en qui la fortune n'a fait que
donner du credit au mérite ;
qui a ſanctifié l'honneur &
la

la probité, par les régles &
les principes du Chriſtianiſ-
me ; qui s'eſt élevé par une
auſtére ſageſſe, au-deſſus des
craintes & des complaiſances
humaines, & qui, toûjours
preſt à donner à la vertu les
loüanges qui luy ſont duës,
a fait craindre à l'iniquité le
jugement & la cenſure ; vail-
lant dans la guerre, ſçavant
dans la paix, reſpecté parce qu'il eſtoit juſte, aimé parce qu'il eſtoit bien-faiſant ; &
quelquefois craint, parce qu'il
eſtoit ſincére & irreprocha-
ble.

C'eſt vous, divine Provi-
dence, qui m'avez conduit en
ces lieux, pour recevoir les
derniers gages de ſon amitié,
& pour récueillir les derniers

Tome II. K

ſoûpirs de ſa Penitence. Vous vouliez qu'il me fût connu tout entier , & qu'aprés avoir vû ſa moderation dans les temps heureux de ſa vie , je fuſſe auſſi dans ſes jours de douleur & d'infirmité, le té-moin de ſa patience. Vous avez couronné ſa pieté , & vous m'avez deſtiné à hono-rer ſa memoire : Faites ſervir à voſtre gloire les grands exemples qu'il a donnez , & comme vous formiez en luy, pour ſa perfection , de ſaints deſirs & de bonnes œuvres ; inſpirez-moy , pour l'édifica-tion de mes Auditeurs , d'effi-caces & juſtes loüanges.

Ne craignez pas , MES-SIEURS, que l'amitié , ou la reconnoiſſance me prévien-

nent. Nous parlons devant
Dieu en JESUS-CHRIST, dit *2. Corint. 2.*
l'Apoſtre ; & je puis dire com-
me luy : Vous ſçavez , mes
Freres, que la flaterie juſqu'i-
cy n'a pas regné dans les diſcours que je vous ai faits :
Neque enim aliquando fuimus *1. Theſſ. 2.*
in ſermone adulationis , ſicut
ſcitis. Oſerois-je dans celuy-
cy, où la franchiſe & la candeur font le ſujet de nos élo-
ges , employer la fiction & le
menſonge ? Ce tombeau s'ou-
vriroit, ces oſſemens ſe ré-
joindroient, & ſe r'animeroient
pour me dire : Pourquoy viens-
tu mentir pour moy , qui ne
mentis jamais pour perſonne ?
Ne me rends pas un honneur
que je n'ay pas mérité, à
moy , qui n'en voulus jamais

rendre qu'au vray mérite.
Laiffe-moy repofer dans le
fein de la verité, & ne viens
pas troubler ma paix par la
flaterie que j'ay haïe. Ne dif-
fimule pas mes défauts, & ne
m'attribuë pas mes vertus,
louë feulement la mifericorde
de Dieu, qui a voulu m'humilier par les uns, & me fanc-
tifier par les autres.

Je me renferme donc dans
les paroles de mon Texte, &
me deftine à vous faire voir
l'amour de la vérité, le zele
de la juftice, l'efprit de droiture, qui font le caractére de
ce grand Homme, que vous
regrettez, & que vous loüez
avec moy. Si je n'obferve pas
dans ce difcours tout l'ordre
& toutes les regles de l'art,

penſez qu'il y a je ne ſçay quoy de deſordonné dans la triſteſſe : que les grands ſujets ſont à charge à ceux qui les traitent , & que c'eſt icy une effuſion de mon cœur , plûtoſt qu'un ouvrage , & une meditation de mon eſprit.

QUOY qu'il n'y ait rien I. Partie. de ſi naturel à l'homme que d'aimer & de connoiſtre la verité , il n'y a rien qu'il aime moins , & qu'il cherche moins à connoiſtre. Il craint de ſe voir tel qu'il eſt , parce qu'il n'eſt pas tel qu'il devroit eſtre ; & pour mettre à couvert ſes défauts , il couvre & flatte ceux des autres. Le Monde ne ſubſiſte plus que par ces complaifances mutuelles. Il femble que l'efprit de menfonge que

3. *Reg.* 22. Dieu menaçoit de répandre fur fes Prophetes, foit répandu fur tous les hommes. On n'a plus ny le courage de dire la verité, ny la force de l'écouter. La fincérité paffe pour incivilité & pour rudeffe. Il n'y a prefque plus d'amitié qui foit à l'épreuve de la franchife d'un amy. L'efprit fecond en déguifemens, s'étudie à défigurer, felon fes befoins ou fes interefts, tantoft les vices, tantoft les vertus : & la Parole qui eft l'image de la raifon , & comme le corps de la vérité , eft devenuë l'organe de la diffimulation & du menfonge.

CHARLES DE SAINTE MAURE se sauva , par la misericorde de Dieu , de cette corruption commune. Il nâquit avec ces inclinations libres & généreuses , qui affranchissent l'ame de toute autre loy , que de celle de ses devoirs. Le Ciel versa dans son esprit & dans son cœur ces principes d'honneur & d'équité , qui font qu'on produit , sans rougir , ses sentimens & ses pensées. La feinte ne pouvoit rien adjoûter à sa gloire , & l'art en luy ne pouvoit mieux faire que la nature. Son illustre Maison , dont l'origine s'est perduë dans les obscuritez du Temps, luy fournissoit depuis sept cens ans de grands exemples. Il y

K iiij

trouvoit une Nobleſſe toûjours pure par ſes vertus ,
toûjours utile par ſes ſervices , toûjours glorieuſe par
ſon rang , par ſes emplois ,
par ſes alliances. Il voyoit
dans l'Hiſtoire ſes Anceſtres,
tantoſt ſoûtenant avec éclat
les premiéres dignitez du
Royaume , tantoſt dans l'aſ-
ſemblée des Seigneurs de pluſieurs Provinces s'intereſſant
pour les droits & pour les libertez des Peuples : tantoſt
allant avec des troupes nom-
breuſes levées à leurs dépens ,
reprendre les Terres que des
Seigneurs voiſins leur avoient
uſurpées , plus touchez de
l'honneur que de l'intereſt, auſſi
peu capables de ſouffrir une injuſtice que de la commettre.

Mais il racontoit avec plaifir les fervices que fon Ayeul avoit rendus à Henry IV. de glorieufe mémoire , & plus encore les confeils fages & libres qu'il luy donnoit : adjoûtant à fon recit : *Que fes Péres avoient toûjours efté fideles ferviteurs des Rois leurs Maiftres , mais qu'ils n'avoient pas efté leurs flateurs : Que cette honnefte liberté dont il faifoit profeffion , eftoit un droit acquis , & une poffeffion de famille , & que la vérité eftoit venuë à luy , de pere en fils , comme une portion dé fon heritage.*

La mort luy enleva dés les premiéres années de fon enfance , un Pére , dont la perte auroit efté irreparable , s'il

K. v.

ne fût tombé fous la conduite d'une Mere de l'ancienne Maifon de Châteaubriant, qui renonçant d'abord à toute forte de vanitez & de plaifirs, pour vaquer dans une trifte & laborieufe viduité, aux affaires de fa Famille ; & contenant fous les loix d'une auftére vertu, & d'une exacte modeftie, une grande beauté, & une floriffante jeuneffe, facrifia toutes les douceurs, & tout le repos de fa vie, à la fortune & à l'éducation de fes enfans. CHARLES eftoit encore en cét âge, où l'on ne fuit que les premiers inftincts de la liberté. Un feu que la raifon n'avoit pas encore moderé, le revoltoit contre la difcipline,

& la contrainte. Elle reprima par une fage févérité les premiéres vivacitez de fon efprit , & les faillies naturelles d'une fierté encore naiffante. Elle le plia avec douceur fous le joug de l'autorité maternelle , l'accouftumant infenfiblement à une vie fimple & patiente ; & comme elle n'eut pas pour luy ces complaifances foibles qui amolliffent la raifon & le courage des enfans , elle ne fouffrit pas en luy ces délicateffes , qui affoibliffent le temperament, & la vigueur du corps, & de l'ame.

Mais helas ! elle employa fes premiers foins à luy apprendre les principes d'une fauffe Religion. Egaré dés

K vj

*A Sedan,
fous le Mi-
niftre du
Moulin.*

qu'il entra dans les voyes de
Dieu ; nourri depuis , par les
Maiftres mefmes de l'erreur ;
& dans le fein , pour ainfi,
dire , de l'héréfie , il prit une
profane nouveauté , pour la
vénérable antiquité de l'E-
glife. Senfible à tous les mal-
heurs du parti , attentif à tout
ce qui flatoit fes préventions,
fe mêlant , tout enfant qu'il
eftoit , dans les converfations
& les difputes , il fuppléoit
par fon ardeur , à ce qui
manquoit à fa connoiffance,
& dans un âge , où l'on ne
fçait pas encore fa Religion,
il defendoit déja la fienne.

O Dieu de vérité , vous
n'avez pas fait cét efprit pour
le menfonge : laiffez couler
fur luy , du fein de voftre

gloire, un de ces rayons pé-
nétrans de voſtre grace lu-
mineuſe, qui portent le vray
dans le fond des cœurs, &
ne permettez pas que l'erreur & la vanité le poſſe-
dent. Ou ſi vous laiſſez croître ſes tenebres, pour avoir
plus de gloire à les diſſiper,
gardez-luy une miſericorde,
d'autant plus grande, que
ſon zele ardent, & ſes intentions ſincéres le juſtifient
à luy-meſme, & qu'il croit
faire honneur à la vérité, dans
l'hommage meſme qu'il rend
au menſonge.

Vous diray-je le progrez
qu'il fit dans la connoiſſance des Lettres humaines, le
goût qu'il eut pour la Poë-
ſie, & pour l'Eloquence, dont

il apprit non feulement toutes les beautez , mais encore toutes les régles : l'étude
qu'il fit de cette noble &
fçavante Antiquité , qu'il regardoit comme la fource de
la raifon & de la politeffe de
nos fiécles ? Un amour curieux des Livres , une avidi-
té de fçavoir , une affiduité ,
& fi je l'ofe dire , une in-
temperance de lecture , ont
efté les paffions de fa jeuneffe. Vous parleray-je de
ces campagnes , où la gloire allumant les premiers feux
de fon courage , il fit voir
dans les Siéges de Rofignan
& de Cafal , par les fervices
qu'il rendit , ceux que le
Prince & la Patrie en pouvoient attendre ? Animé par

les exploits éclatans d'un Frére, dont la réputation ne pouvoit égaler le mérite, il eut part aux loüanges que luy donnérent juftement & fes Ennemis & fes Maîtres.

La bien-féance & la coûtume, & plus encore les devoirs de fa condition, & de fa naiffance, l'engagérent à fe mêler dans la foule des Courtifans, pour révérer la grandeur & la majefté d'un *Loüis XIII.* Roy plein de réligion & de juftice, & pour gagner la faveur & l'eftime d'un grand *Le Cardinal de Richelieu.* Miniftre, qui connoiffoit la vertu, & qui diftribuoit la fortune. On luy dit mille fois que la franchife n'eftoit pas une vertu de la Cour; que la vérité n'y faifoit que des

ennemis ; qu'il falloit , pour
y réüffir , fçavoir felon les
temps , ou déguifer fes paffions, ou flater celles des autres ; qu'il y avoit un art innocent de féparer les penfées d'avec les paroles , &
que la probité pouvoit fouffrir ces complaifances mutuelles , qui eftant devenuës
volontaires , ne bleffent prefque plus la bonne foy , &
maintiennent la paix & la politeffe du monde.

Ces confeils luy parurent
lâches. Il alloit porter fon
encens , avec peine , fur les
autels de la Fortune & revenoit chargé du poids de
fes penfées, qu'un filence contraint avoit retenuës. Ce commerce continuel de menfon-

ges ingénieux pour se trom-
per , injurieux pour se nui-
re , officieux pour se corrompre : cette hypocrisie u-
niverselle , par laquelle chacun travaille à cacher de
véritables défauts , ou à pro-
duire de fausses vertus : ces
airs mystérieux qu'on se donne pour couvrir son ambi-
tion, ou pour relever son credit : tout cet esprit de dissi-
mulation & d'imposture ne
convint pas à sa vertu. Ne
pouvant s'authoriser encore
contre l'usage , il fit connoître à ses Amis, qu'il alloit
à l'armée faire sa cour par
des services effectifs , non pas
par des offices inutiles ; Qu'il
luy coustoit moins d'expo-
ser sa vie , que de dissimuler

ſes ſentimens , & qu'il n'acheteroit jamais ny de faveur , ny de fortune aux dépens de ſa probité.

Il ne voulut apprendre d'autre langage , que celuy de l'Evangile , oüi , oüi , non, non , effectif dans ſes réſolutions , fidéle dans ſes promeſſes , plus preſt à tenir ſa parole qu'à la donner , tout vrai dans ſes actions & dans ſa conduite. Auſſi n'eut il beſoin , pour s'élever dans ſa profeſſion , ny de ſollicitations , ny d'artifices. Sa prudence , ſon application , ſa valeur , luy attirérent l'eſtime & la confiance des deux plus renommez Capitaines de ſon temps, qui dans les guerres d'Alemagne , s'eſtoient

Sit autem ſermo veſter, eſt, eſt ; non , non.
Matth. 5.

Le Duc de VVeimar & le Maréchal de Guebriant.

fervis utilement de fon fecours , & de fes confeils ,
dans la fuite de leurs victoires.

L'Alface qui avoit efté
le theatre de fes travaux ,
en fut auffi la récompenfe.
Quelle nouvelle matiére de
gloire pour luy ? l'ennemi redoutable , & voifin ; un peuple qui n'eftoit qu'à demi
foûmis , le peu de fecours
qu'il pouvoit attendre , une
Province qu'on luy donnoit
plûtoft à conquerir qu'à gouverner : tant de difficultez ne
firent qu'animer fa conftance ; & par des combats prefque journaliers ayant affer-
mi fon Gouvernement , il le
rendit , par fa modération ,
un des plus heureux , & des

plus tranquiles du Royau-
me.

Il revint à la Cour, &
ne fe prévalut ni des loüanges, ni des efpérances qu'on
lui donna : il joignoit la retenuë du jugement, à la hardieffe du courage. Quoy qu'il
aimât la gloire, il la cherchoit dans fes actions, non pas
dans le témoignage des hommes. Il n'a voulu contribuer
à fa réputation, autre chofe que fon mérite. De toutes les véritez il n'a caché
que celles qui luy eftoient avan-
tageufes, & rien n'a jamais
pû affoiblir fa fincérité, que
fa modeftie. Nous fçavons
pourtant, MESSIEURS, que
jamais ame ne fut plus fié-
re ni plus intrépide : on le

...it à la bataille de Cerné,
...harger trois fois les enne-
...nis, couvert de fang & de
...ouffiére, & dreffer aux pieds
...e fon Géneral, comme un
...onorable trophée, trois dra-
...eaux qu'il leur enleva. Il
...arut avec deux cens hom-
...mes, durant le fiége de
...rifac, renverfant fur les
...ords du Rhin, deux mille
...llemans à la veuë de leur
...rmée.

...Mais viens-je faire ici l'hif-
...oire fanglante de fes combats,
...: mon fujet n'a-t'il rien de
...lus édifiant & de plus doux?
...Déja fe formoient dans le
...iel ces nœuds facrez, qui
...evoient unir éternellement
...on cœur à celuy de l'incom-
...arable Julie. Déja s'allu-

*Julie d'An-
gennes depuis
Duchesse de
Montaufier.*

moient dans ſon Ame ce
feux ardens & purs , que la
ſageſſe , la beauté , l'eſprit
& un mérite univerſel on
coûtume de faire naître. L'ad
miration , l'eſtime entretenoient cette ſage & vertueuſe paſſion , & plus encore une
conformité de mœurs & d'in
clinations , qui fait les liai-
ſons parfaites ; meſme can
deur dans leur procedé, même élevation de génie & do
courage ; meſme penchant a
la vertu au préjudice de la
fortune , meſme fidélité pou
tous les devoirs de la vie
meſme goût pour la conver
ſation , & pour toute ſorte
de belles Lettres , meſme plaiſir à faire du bien ; mais parmi tant de reſſemblances

une Réligion differente.

Tombez , tombez voiles importuns , qui lui couvrez la vérité de nos Myſtéres ; & vous Preſtres de JESUS-CHRIST qui depuis ſi long-temps of-frez à Dieu pour ſon ſalut, & vos vœux & vos Sacrifi-ces , prenez le glaive de ſa parole , & coupez ſagement juſqu'aux racines de l'erreur, que la naiſſance & l'éduca-tion avoient fait croiſtre dans ſon Ame. Mais par combien de liens eſtoit-il retenu ? la chair & le ſang qui l'atta-choient auprés d'une Mére, qu'il aimoit autant par recon-noiſſance & par raiſon , que par tendreſſe de naturel : cer-taines vûës d'honneur, qui lui faiſoient craindre juſqu'aux

moindres foupçons de changement & d'inconftance : le
pouvoir que prenoit fur lui
une premiére impreffion de
vérité ou de juftice : les ré-
ponfes que les Oracles du
parti lui avoient renduës, &
les foins qu'il avoit pris · lui-
mefme de s'aveugler par des
lectures dangereufes , eftoient
autant d'engagemens qui le
lioient à fa communion.

Mais auffi dans les recherches de fa foy , il lui eftoit
échapé quelque doute : la
lecture des Hiftoires de l'E-
glife lui avoit fait entrevoir
quelque nouveauté dans ces
derniers temps ; des contefta-
tions & des difputes qu'il a-
voit euës, il eftoit forti je ne
fçay quelles clartez paffagé-
res,

res , qui avoient laiſſé quelque trace de lumiere dans
ſon eſprit. Il n'eſtoit pas de
ces hommes tiédes , à qui
Dieu & le ſalut ſont indif-
férens , qui demeurent ſans
mouvement où ils ſont tombez , ſoit au Midi , ſoit au
Septentrion , ſelon le langage de l'Ecriture ; qui igno-
rent ce qu'ils croient , & *Eccl. 11*
n'ont une Réligion que par
hazard , & non par lumié-
re. Il ſçavoit rendre raiſon
de ſa Foy , comme l'Apoſtre
le commande , & la connoiſſance que Dieu luy donna ,
fut peut-être la recompenſe
de ſon zele.

Des lumiéres impercepti-
bles & ſucceſſives, diſſipérent
une partie de ces nuages

dont il eftoit environné. Il
demanda, & il reçut ; il fra-
pa , & on lui ouvrit : il
reconnut dans l'Eglife de J E-
S U S - C H R I S T , une Puiffance de décifion , qui nous
fait croire ce qu'elle croit ,
pratiquer ce qu'elle ordonne , & tolérer mefme avec
foûmiffion ce qu'elle tolére ;
& fe faifant de cette créance , une neceffité pour toutes les autres : docile , humble , penitent , furmontant
le Monde par fa foy , & la
nature par la grace , il al-
la , fous la conduite d'un
grand Prelat , aux pieds des
Autels affujettir fa raifon à
l'autorité de l'Eglife , & faire
un facrifice de fes erreurs devant les Miniftres du Dieu de
la verité.

M Faure
Evéque d'A-
miens.

Quels ont efté depuis les accroiffemens de fa foy ? Avec quelle reconnoiffance & quelle joye chantoit-il au Seigneur le Cantique de fa délivrance ? Avec quel zele exhortoit-il quelques-uns de fes domeftiques à rentrer, comme lui, dans le bercail de JESUS-CHRIST, leur fourniffant & les livres & les raifons les plus propres à les convaincre? Avec quelle douceur & quelle charité confoloit-il, en ces derniers temps, quelques-uns de fes amis, dont il voyoit la confcience irrefoluë & inquiéte ? il les touchoit par fes confeils, & par fa propre experience ; il leur racontoit fes combats, pour les exciter à gagner fur eux

L ij

la même victoire : & pour
guérir leur opiniâtreté , il
déploroit en leur presence la
sienne propre.

Je ne vous dirai pas, MES-
SIEURS , les commande-
mens , & les emplois de
confiance qu'on lui destina ,
les solennitez de son Mariage , où toute la France s'in-
teressa ; les Gouvernemens
& les Charges dont il fut
pourvû , dans des conjonctures où il estoit difficile de
les soûtenir. N'attendez pas
que je vous le represente ,
se dérobant aux premieres
tendresses d'un chaste Mariage , pour aller chercher la
gloire , sous les ordres d'un
Prince toujours prest à com-
Feu M. le battre , & toûjours assuré de
Prince.

vaincre. Je ne viens pas non
plus vous le faire voir con-
duifant le Legat de fa Sainteté, montrant des vertus de
l'ancienne Rome aux Prelats
de la Nouvelle ; & faifant
admirer à cette Nation, une
judicieufe fincerité, qui valoit mieux que fes fubtilitez &
fes adreffes.

Il eft temps de venir au
point de fa reputation & de
fa gloire. Dieu, dont la Providence veille au bonheur de
ce Royaume, l'appella à l'in-
ftruction & à la conduite de
Monfeigneur LE DAUPHIN ;
& cette mefme Sageffe, qui,
felon l'Ecriture, fait regner *Proverb. 8.*
les Rois, lui apprit l'art
de former une Ame royale.
Que lui manquoit-il pour un

L iij

fi glorieux , mais fi difficile
miniftére ? Du fçavoir ? Il
avoit acquis par fes lectures
continuelles des habitudes
dans tous les pais , & dans
tous les fiecles : il eftoit de-
venu , pour ainfi dire , le
fpectateur & le témoin de la
conduite de tous les Princes :
il avoit affifté à leurs confeils , & à leurs combats :
il connoiffoit toutes les routes de la vertu & de la gloire ancienne & nouvelle. De
la probité ? rien n'eftoit plus
connu que fon équité , fon
defintereffement , & la religion de fa parole. Il pouvoit
inftruire fans fe retracter ,
& fans fe condamner foi-même ; fes exemples n'affoi-
bliffoient pas fes preceptes ;

& il n'avoit point à juſtifier au Prince ni aux Courtiſans la contrarieté de ſes mœurs & de ſes regles. La pieté ? il avoit connu Dieu , & l'a-voit toûjours glorifié ; il a-voit regardé le libertinage comme un monſtre & dans la Cour & dans les Armées. Il avoit apris dans la Loi de Dieu , ce qu'elle défend , & ce qu'elle ordonne ; Cenſeur zelé des vices , ſans aigreur, ſans indiſcretion : Chreſtien de bonne foy, ſans ſuperſtition, ſans hypocriſie.

Le Roy, qui dans ſes choix, en faiſant juſtice au mérite , a toûjours fait honneur à ſa ſageſſe, s'aplaudit meſme de celui-ci. Avec quelle con-fiance le ſubſtitua – t'il en ſa

place , dans l'un de ses plus
importans & plus indispensa-
bles devoirs ? Avec quelle
bonté voulut-il remettre lui-
même ce dépost sacré en
des mains si pures & si fidéles ? Ayant sur lui tout le
gouvernement de son Peu-
ple , il lui donna toute la
conduite de son Fils : il lui
recommanda le soin de l'in-
struction , & se chargea des
grands exemples , il voulut
que le siécle present joüît
de la felicité de son regne ,
& laissa à la conscience & à
l'habileté de ce prudent Gouverneur les esperances du siécle avenir.

Aussi, quelle reconnoissance fut la sienne ? il sacrifia
ses plaisirs , ses interests &

sa liberté, il ne pensa plus qu'à ce jeune Prince, il n'eut plus d'esprit, il n'eut plus de cœur que pour lui. De peur de s'amolir par la tendresse, il emprunta l'autorité du Roy : de peur de rebuter par l'austerité des préceptes, il prit les entrailles du Pere : & par ce juste temperament, il avançoit en lui les fruits de la raison, & corrigeoit les défauts de l'âge.

Sa principale application fut de l'accoûtumer à connoître & à souffrir la verité. Il sçavoit que les Grands naissent avec certaines délicatesses, qui retiennent dans un timide respect les Courtisans qui les approchent :

qu'on ne leur presente jamais des miroirs fidéles, qu'a-
vant qu'ils sçachent qu'ils
font hommes , & qu'ils font
pecheurs , on leur apprend
qu'ils ont des Sujets , &
qu'ils font les Maistres du
monde.

Plus le Prince qu'il gou-
vernoit , avoit de bonté &
de docilité naturelle , plus il
éloignoit tout ce qui pouvoit le corrompre. Combien
de fois arresta-t'il une flaterie , qui , comme un ferpent
tortueux , alloit fe gliffer dans
fon ame ? Combien de fois
éteignit-il l'encens , dont la
douce & maligne odeur au-
roit empoifonné une imagination encore tendre ? Combien de fois lui fit-il faire la

difference d'un ami d'avec
un flateur ? Combien de fois
leva-t'il d'une main sevére
les premiers voiles qu'une
Cour artificieuse alloit mettre devant ses yeux , pour lui
cacher quelque vérité ou quelque devoir ?

Permettez que je me le represente ici comme ce Ca-
valier que vit saint Jean dans
l'Apocalypse ; il s'appelloit
fidéle & véritable : *Fidelis* Apoc. 19.
& verax ; montrant à cét
auguste Enfant les sources du
vrai & du faux , & lui for-
mant dans le Monde , que
Saint Augustin appelle la re-
gion des faussetez & des men-
songes , une Ame innocente
& sincere. Il portoit plusieurs
couronnes , lui expliquant

pour ſon inſtruction , la difference des bons & des mauvais regnes. Il tenoit en ſes
mains un glaive luiſant , pour
couper les filets de ſes paſſions naiſſantes , & les diſcours , & les exemples , qui
pourroient les entretenir. Voilà quel eſtoit ſon amour pour
la verité ; voyons quel eſtoit
ſon zele pour la juſtice.

II. PARTIE. IL eſt difficile , quand on
aime la verité , qu'on n'aye
auſſi du zele pour la Juſtice , tant par cette union qui
lie toutes les vertus ; que par
certaines regles d'ordre , &
de proportion , que l'eſprit
cherche dans les actions ,
auſſi-bien que dans les paroles. Ces deux inclinations

furent également fortes en
Monfieur DE MONTAUSIER.

Il y avoit dans fon cœur
une loi d'équité fevére , qui
le portoit à refifter à toutes
les paffions defordonnées des
hommes , & à rendre à chacun , ou le fervice , ou l'honneur , ou la protection qu'il
pouvoit efperer de lui. On
le vit dans fa jeuneffe , fe faifant une efpéce de crédit &
d'autorité du fond de fes bonnes intentions , pour s'oppo-
fer aux defordres , pour ar-
refter la fraude & la vio-
lence , & pour réduire tout
à la difcipline ; fupportant
lui - même avec conftance ,
toutes les fatigues & toutes
les contraintes , que lui im-
pofoient , dans les bornes de

fa profeſſion , la Raiſon &
l'Ordre.

Cét eſprit de juſtice n'a
fait que croître avec ſon bonheur. Pour avoir ſa protection , c'eſtoit aſſez d'être
malheureux. Quelqu'inconnu
qu'on fût , on n'avoit beſoin
d'autre recommandation auprés de lui , que de celle
que porte avec ſoi la vertu
& l'innocence perſecutée. Il
n'avoit pas de ces froides in-
diférences , ni de ces foibles
ménagemens, qui font qu'on
abandonne les affaires d'autruy, pour ne s'en pas faire à
ſoi-meſme. Par tout où ſe
pouvoit étendre ſon pouvoir ,
l'oppreſſion & l'injuſtice n'é-
toient pas libres ; celui-là ne
pouvoit s'aſſurer de ſon re-

pos , qui troubloit le repos
des autres. A-t'il craint d'ir-
riter les Puiſſans , quand il a
pû ſecourir les foibles ? A-t'il
plié ſous la grandeur , lors
qu'elle s'eſt trouvée injuſte ?
A-t'il manqué de hardieſſe ,
& luy a-t'il fallu d'autre
droit , que celui de la protection & de la charité commune, quand il a pû défendre
les gens-de-bien ?

N'a-t'il pas eü , dans la licence même de la guerre ,
une conſtante & ſcrupuleuſe
retenuë ? Dans un temps,
où la confuſion regnoit encore dans les Armées , où l'on
croyoit que le ſoldat devoit
s'enrichir , non ſeulement des
dépoüilles de l'ennemi , mais
encore de celles des peuples ;

& où par des condefcendances neceffaires , on pardonnoit un peu d'avarice & de dureté , pour entretenir le courage, & la bonne humeur des gens-de-guerre. Il ne s'en tint pas à ces coûtumes , il fe régla fur une prudente équité , non pas fur un barbare droit des armes ; modefte , defintereffé , fongeant à des acquifitions d'honneur & de gloire , non pas aux biens & aux commoditez de la vie ; genereux pour les autres , févére & dur à lui-même , & partageant avec les moindres Officiers , fes biens par liberalité , & leurs fatigues par conftance.

Il eut même des égards pour les Ennemis , ne croyant

pas que tout ce qui eſtoit
permis fût expédient ; & di-
ſant quelquefois : *Faiſons
leur craindre noſtre valeur,
non pas noſtre cupidité.* Auſſi
ne laiſſa-t'il jamais aprés lui
de traces funeſtes de ſes paſ-
ſages ; & ſa conſcience lui
rendant juſtice à ſon tour,
il n'eut pas beſoin de répa-
rer, ſur ſes vieux ans, les
torts qu'il avoit faits en ſa jeuneſſe, ni de reſtituer aux enfans ce qu'il avoit autrefois injuſtement exigé des péres.

Quelle penſez-vous que fut
ſon occupation dans ſes Gouvernemens ? La juſtice. Plein
des maximes d'honneur & de
probité, dont il ſçavoit toutes les loix, il retenoit la

Nobleffe dans l'ordre ; il é-
toufoit les querelles dans leur
naiffance , gagnant les uns
par perfuafion , arrétant les
autres par autorité , compen-
fant les fatisfactions avec les
injures , rendant à l'honneur
& au droit de chacun , ce
que l'avarice ou la colére
en avoit ofté , mettant les
uns à couvert de l'infulte, &
les autres hors d'eftat de nui-
re. Il coupoit ainfi par une
équité décifive , fans préoc-
cupation & fans intereft , les
racines des haines , & des procez ; & portoit par tout la
moderation & la paix, qui eft
le fruit de la juftice.

Mais quel fut fon zele &
fa vigilance dans les calami-
tez publiques ? Il joüiffoit

à la Cour, de la douceur du repos, & de la gloire, où le Ciel venoit d'élever ſa famille, lors qu'un mal funeſte & contagieux ſe répandit & s'échaufa dans les Villes principales de Normandie, ſoit que l'intemperie des ſaiſons eût laiſſé dans les airs quelque maligne impreſſion; ſoit qu'un commerce fatal y eût apporté, des Païs éloignés, avec de fragiles richeſſes, des ſemences de maladie & de mort : ſoit que l'Ange de Dieu eût étendu ſa main, pour fraper cette malheureuſe Province. Il y accourut. Dans cette affliction qui dérange tout, où d'ordinaire on eſt perdu, parce qu'on eſt abandonné, où

chacun occupé de fes pro-
pres craintes, oublie les mal-
heurs d'autrui, & où l'horreur d'une mort prochaine
femble juftifier les infidelitez,
que l'on fe fait les uns aux
autres : la raifon fit en lui
ce que ne fait ordinairement
ni le fang, ni la nature. Il
répondit à ceux qui lui re-
prefentoient fes dangers :
*Qu'il devoit l'ordre & la
protection à ce peuple ; Qu'é-
tant eftably pour le gouverner, il l'eftoit auffi pour le
fecourir, & que fa vie ne lui
étoit pas plus precieufe que
fon devoir.* Il ranima les Citoyens, par fa préfence, les
excitant à s'entr'aider par des
offices mutuels ; & par une
exacte police, qui coupoit les

communications mortelles ,
pour en ouvrir de falutaires ; il fauva ce Peuple qui
avoit perdu toute efperance
de fanté, & toute mefure de
prudence.

Mais à quoi m'arrêtai-je,
MESSIEURS , n'ai-je pas
de plus nobles idées à vous
donner de fa vertu ? Si la
fidelité eft une juftice , que
chacun doit à fon Souverain,
quel Sujet en a jamais four-
ni de plus grands exemples ?
Que ne puis-je vous expri-
mer les fentimens d'admiration , de vénération ; & fi
je l'ofe dire, de tendreffe qu'il
a eu pour le Roy ? Par combien de liens tenoit-il à lui?
Tantoft il recueïlloit tous fes
bienfaits dans fon efprit, pour

multiplier ſa reconnoiſſance.
Tantoſt il penſoit à ſes expe-
ditions militaires, pour faire
le recit de ſes travaux, &
pour compter le nombre de
ſes victoires. Tantoſt il le
voyoit au milieu de ſa ma-
gnificence, & de ſa ſplendeur,
pour s'ébloüir de ſa majeſté,
& ſe réjoüir de ſa gloire ; &
quelquefois il ſe dépoüilloit
de toute idée de ſa puiſſance & de ſa grandeur, pour
avoir le plaiſir d'honorer gra-
tuitement le mérite de ſa Perſonne. Que ne puis-je vous
repreſenter la forte paſſion
qu'il eut pour l'Etat, dont
les intéreſts lui furent plus
chers & plus ſenſibles que les
ſiens propres ? quelle êtoit
ſon indignation contre ceux

à qui le bien public est in-
different, & qui ne se comptant, & ne se regardant qu'-
eux-mesmes, sans honneur &
sans charité, abandonnent au
hazard le reste du Monde?

Dans le cours de ces fatales années, où la discorde
alluma dans le sein de la
France, le feu de tant de
passions, qui firent tant de
malheureux & tant de cou-
pables : Ne craignez pas,
Messieurs, je parle d'un
Homme sage, qui ne sortit
jamais de ses devoirs, qui n'a
besoin de grace, ni d'apolo-
gie ; & en qui il n'y a point
eu d'erreur à plaindre, ni de
faute à justifier. Sa fidelité
fut inébranlable. Retiré dans
la Province de Saintonge, où

se formoient déja des factions, il les arrêta par sa vigilance, & par son courage. Les sollicitations d'un Prince qui l'honoroit de sa bien-veillance, les mécontentemens qu'il avoit reçus du Ministre, ne purent jamais le toucher. Il surmonta ces deux tentations délicates ; & luy seul peut-estre a la gloire d'avoir resisté tout-d'un coup, pour le service de son Maistre, à la force de l'amitié, & au plaisir de la vengeance. Il gagna la Noblesse déja presque demi-séduite, il fit des siéges, donna des combats, prit des Villes, & prodigua son sang & sa vie, pour assurer au Roy cette Province, que sa situation, & les conjonctures du du temps , avoient renduë tres-importante.

Quelle juftice luy rendit-on ? On approuva fes fervices , & bien-toft on les oublia. Dans ces jours de confufion , & de trouble , où les graces tomboient fur ceux qui fçavoient à propos fe faire foupçonner , ou fe faire craindre ; on le négligea comme un ferviteur qu'on ne pouvoit perdre ; & l'on ne fongea pas à fa fortune , parce qu'on n'avoit rien à craindre de fa vertu. Mais fa conftance le foûtint , & la Providence de Dieu refervoit au Roy l'honneur de recompenfer cette ame fidéle.

Defcendons à l'équité de fon cœur dans fa conduite

Tome II. M

particuliere. Quels furent ſes
ſentimens pour ſes Amis ?
Ici ſe réveille ma reconnoiſſance , mes entrailles s'émeu-
vent , & l'image d'un bonheur dont je joüiſſois , me
fait ſouvenir que je l'ai perdu. Sa bonté prévint pour
cette fois ſon jugement : d'ail-
leurs ſon amitié ne ſe donnoit point au hazard , c'é-
toit le prix de ſon eſtime,
Elle ne s'affoibliſſoit jamais ,
ni par le temps , n par l'ab-
ſence ; & rien ne déran-
geoit dans ſon cœur , ce que
le mérite y avoit une fois
placé. On ne craignoit point
avec lui les inégalitez , ni
les défiances : il ne ſçavoit
ſe démentir , & ſa bonne
foy ſembloit lui répondre de

celle des autres. Quelque indulgence qu'il euft pour ceux
qu'il aimoit : il ne s'aveugloit
pas fur leurs défauts : également-
ment fincére & charitable, il
avoit le courage de les reprendre, ou le plaifir de les
excufer. Fidéle dans leurs dif-
graces, il ofa les loüer & les
fervir en des temps, où les
autres n'ofoient prefque pas
les plaindre. Dans leurs prof-
péritez, il eftima leur moderation, & fe referva le droit
de les avertir de leur orgüeil.
Il leur laiffoit, dans l'agréable commerce qu'il avoit a-
vec eux, toute la liberté qu'il
prenoit lui-même, de foûte-
nir leurs opinions, & ne leur
interdifoit que la flaterie.

Avec quelle chaleur s'in-

tereſſoit-il à leurs ſatisfac-
tions, ou à leurs peines ? les
a-t'il jamais amuſez par des
careſſes, quand ils ont attendu de lui des offices effectifs ? Qui eſt-ce qui a jamais
porté plus de vœux & plus
de priéres au pié du Trône ?
J'ai cét avantage dans ce diſcours, qu'il n'y a perſonne
ici de ceux qui ont eu part
à ſon amitié, qui ne recon-
noiſſe, & qui n'ait reſſenti ce
que je dis.

Vous le ſçavez, nobles
Génies, qui cultivez voſtre
eſprit, & qui rendez à Dieu,
le Seigneur des Sciences,
l'hommage de vos penſées.
Vous avez eſté ſouvent ſurpris & de ſes bontez, & de
ſes lumiéres. Il peſoit les eſ-

prits , & donnoit à chacun le rang qu'il méritoit. Perfon-ne ne connut mieux l'excel-lence de leurs ouvrages , & perfonne ne fçut mieux les eftimer. Il les encourageoit, & tâchoit de les rendre uti-les. Il leur procura fouvent les graces du Roy , & leur donna toûjours ce qui eftoit en fes mains , & ce qu'ils ai-ment quelquefois davantage, la loüange & la gloire.

Combien eftoit-il jufte & charitable à l'égard de fes domeftiques ? chez lui les races fe perpetuoient , les pé-res laiffoient comme un hé-ritage à leurs enfans, la pro-tection d'un fi bon Maiftre. Environné d'une foule de fer-viteurs , il cherchoit à chacun une fortune qui leur fuſt propre. Deſintereſſé pour lui, empreſſé pour eux, il ne ſentoit jamais mieux ſon bonheur, que lors qu'il pouvoit faire le leur. Le nombre pouvoit eſtre à charge à ſa dépenſe, mais non pas à ſa generoſité. Il ſçavoit bien qu'il n'avoit pas beſoin de tout ce monde, mais il croyoit que tout ce monde avoit beſoin de lui, & il le gardoit moins pour ſervir d'éclat à ſa grandeur, que pour ſervir de matiére à ſa bonté.

De ce même principe naiſſoit ſon amour pour les pauvres. Aux termes de l'Ecriture, l'aumône eſt une juſtice. Ce que nous appellons un don, le Sage le nomme

Pſal. 110.

Eccl. 4.

une dette , & la mefure de
la mifericorde que nous at-
tendons , eft la mifericorde
que nous aurons faite. Pe-
netré de ces véritez , il répandoit abondamment fur toute forte de miferables les fecours de fa charité. Il n'attendit pas à la mort à con-
facrer à JESUS-CHRIST une
partie de fes richeffes : Il
fçavoit qu'une charité tardi-
ve, felon les Péres de l'Eglife , avoit plus d'avarice que
de pieté : qu'il faut execu-
ter foi-même fon Teftament
& fes legs pieux , & faire un
facrifice de religion , & une
diftribution volontaire de fes
aumônes.

Que ne puis-je reveler *les*
fecrets de fa charité ? vous

verriés icy l'éducation d'une fille, à qui la pauvreté pouvoit donner de mauvais conseils : là les études d'un pupille, que Dieu, par le moyen de sa charité, a conduit aux fonctions de son sacerdoce : icy une Noblesse indigente poussée par ses charitables secours, au service du Prince & de la Patrie ; la un mérite naissant, qu'auroit accablé le poids de sa mauvaise fortune, relevé par ses liberalités. Sortez de ces retraites, où la misére & la honte vous cachent, familles infortunées, & dites-nous par quelles adresses, il fit couler jusqu'à vous ses assistances imprévûës. Et vous, Asiles sacrez des disgraces de la nature , ou de la fortune , monumens éternels de fa pie- té, Hôpitaux dreffez par fes foins , & par fes bienfaits , dans les Villes de fes Gou- vernemens , pour les met- tre à couvert d'une impor- tune mandicité , faites reten- tir jufqu'au Ciel les vœux & les priéres des Pauvres que vous renfermés. Voilà fa juftice , MESSIEURS , il ne me refte plus qu'à vous montrer fon efprit de droiture.

LA droiture eft une pureté III. PARTIE de motif & d'intention , qui donne la forme & la perfec- tion à la vertu ; & qui at- tache l'ame au bien , pour le bien même. C'eft à cette Ge-

M v

neration simple & droite que
l'esprit de Dieu promet dans
ses Ecritures , tantost les bénédictions qu'il verse sur ceux
qui le craignent , tantost les
lumiéres qu'il tire , quand il
veut , du sein des ténébres ;
tantost le plaisir des appro-
bations, & des loüanges, tantost la joye d'une tranquile
conscience.

C'est icy la gloire de mon
sujet. Quel homme est jamais
moins entré dans les voyes
obliques des passions & des
interests , que celui que nous
regretons ? la connoissance
de ses devoirs lui servoit de
raison pour les accomplir , &
ses intentions estoient toûjours aussi bonnes que ses
actions. Quelles furent donc

Psal. 111.

Ibid.

Psal. 63.

Psal. 96.

ſes regles ? L'ambition , ſelon lui , n'avoit rien de noble , elle conduiſoit la vertu par des moyens , & à des fins qui ſont ſouvent indignes d'elle , il diſoit quelquefois , *Que les ambitieux qu'on loüe tant , eſtoient des glorieux qui font des baſſeſſes , ou des mercenaires qui veulent eſtre payez.* Auſſi n'eut-il jamais en veuë de bien faire , pour eſtre heureux ; & ce qui le conduiſit aux charges & aux dignitez , il le fit pour les me- riter , & non pas pour les obtenir.

L'intereſt , & l'amour du bien ne purent jamais le ten- ter ; & dans tout le cours de ſa vie, il n'eut ni le ſoin,, ni le deſir d'en acquerir. La ſucceſſion d'une Tante, Dame d'honneur d'une grande Reine, ſembloit devoir groſſir le patrimoine de ſes Péres : mais rebuté des affaires & des procez, dont ſon eſprit eſtoit incapable, il relâcha ce qu'on voulut, & crut que c'eſtoit un gain que de ſçavoir perdre. Contraint de racheter ſa liberté, aprés une longue priſon, durant les guerres d'Allemagne, il employa & ſon argent & ſon crédit, pour ramener les Officiers qu'abandonnoient à leur triſte captivité, l'indigence, ou l'avarice de leurs familles.

Deux principes le firent agir, la probité, & la Ré-

ligion ; l'une lui donnoit le
defir d'eftre utile , l'autre le
portoit à travailler à fon falut. Quels fincéres enfeigne-
mens a-t'il donnez à Mon-
seigneur , pour le bien
Public , & pour fa gloire ?
Il n'y a rien de fi difficile
que d'élever un jeune Prince, qui eft né pour la Royauté. Il faut lui infpirer de la
hardieffe fans préfomption ,
lui faire fentir ce qu'il doit
être , & lui faire connoître ce qu'il eft. Il fuffit de
lui faire voir , en éloignement , le Trône où il doit
être affis ; & de lui effayer ,
pour ainfi dire , la Couronne , afin qu'il fçache la porter , quand la Providence de
Dieu la fera tomber fur fa

teſte. Il eſt neceſſaire de lui
donner tout enſemble les
vertus d'un Roy , & celles
d'un Particulier ; lui montrer la gloire du commandement , & le mérite de l'o-
béïſſance , & lui apprendre
à dire comme ce Centenier
de l'Evangile : *Homo ſum ſub*
poteſtate conſtitutus , habens
ſub me milites , & dico huic:
Vade , & vadit. Je voy des
Peuples ſous ma puiſſance ,
mais j'ay une puiſſance au
deſſus de moy : Je commande des armées , mais j'execu-
te ce qu'on m'ordonne : j'ai
des Sujets , mais j'ai un
Maître.

Matth. 8.

C'eſtoient les enſeignemens
que lui donnoit M. LE DUC
DE MONTAUSIER. Il lui

infpiroit la modération , en lui élevant le courage. Il lui formoit ce cœur docile , que Salomon demandoit à Dieu pour la conduite de fon peuple. Il lui marquoit les juftes mefures de fa grandeur , en l'inftruifant de ce qu'un Roy doit à fes Sujets , & de ce qu'un Fils doit à fon pére.

Combien de fois lui a-t'il dit : Que la fin principale , & la premiere loi du Gouvernement étoit le bonheur des peuples ? Que la vérité & la fidelité font les vertus effentielles des Princes , qui font les images du vray Dieu, & les arbitres de la foi publique , & que les plus grands Royaumes , & les

plus longs Régnes n'eſtant
devant Dieu qu'un point de
grandeur , & un moment de
durée , les Souverains devoient apprendre à eſtre doux
& moderez dans leur puiſſance , & ſoupirer aprés une
gloire toute immortelle & toute divine ? Que ne m'eſt-il
permis d'expoſer ici ces ſages & ſaintes maximes que la
fidélité lui fit écrire , que la
modeſtie lui a fait cacher ,
& qui paroiſſent , ſelon ſes
deſirs , avec plus d'éclat dans
la vie du Prince qui les pratique , ſoit qu'il aille lancer
la foudre , que le Roy lui a
miſe en main , ſoit qu'il vienne joüir icy de la gloire qu'il
s'eſt acquiſe. Rappellez en
voſtre mémoire avec quelle

tendre & fenfible joye, il ré-
cueïllit ce qu'il avoit femé
dans l'ame de ce jeune Vain-
queur, loüant fa bonté, fa
douceur, fa liberalité, fa réligion, & fa juftice, & le fe-
licitant de fes vertus, tandis
que les autres *le* felicitoient
de fes victoires.

N'eftoit-ce pas ce mefme
efprit de probité qui le pouf-
foit à donner tant de bons
avis, & de falutaires confeils ? Il eut voulu corriger
tous les abus, & reformer
tous les défauts qu'il connoiffoit, fur les idées de perfection, que fa fageffe luy avoit
faites. Son âge, fon cré-
dit, fes dignitez, & je ne
fçai quoy d'auftére & de vénérable dans fes mœurs, &

dans fa perfonne , luy avoient aquis une efpéce d'authorité univerfelle , contre laquelle le Monde n'ofoit reclamer.

Ceux mêmes qui pouvoient ne pas aimer fon zele , étoient obligez de le loüer , & trouvoient de la vertu dans fes défauts mefmes. On pouvoit jetter dans fon ame quelques fauffes impreffions, mais il fuivoit toûjours , du moins l'ombre de la vérité & de la juftice ; & quelque afcendant qu'on eût fur luy , on pouvoit le prévenir , mais on ne pouvoit le corrompre. S'il difputoit avec ardeur , ce n'eft pas qu'il voulût affujettir le monde à fes opinions, mais le réduire à la vérité qu'il connoiffoit , ou que du

moins il croyoit connoiſtre.
Attaché à ſes ſentimens par
perſuaſion , & non par caprice ; ſouvent contraire aux
avis des autres , parce que
ſouvent ils eſtoient injuſtes ou
déraiſonnables , conſervant
toûjours dans les chaleurs ,
& dans les vivacitez de ſon
eſprit, la bonté & la tendreſſe
même de ſon cœur.

Si ſa droiture fut le motif
de tant de vertus , ſa Réligion fut le motif & la cauſe de
ſa droiture. Ne vous figurez
pas une devotion de ſpiritua-
litez imaginaires, qui ſe nour-
rit de réflexions , & qui laiſſe
les ſaintes pratiques. Sa foi
eſtoit comme ſon cœur , ſimple & ſolide. Ne penſez pas
à cette vaine & faſtueuſe Ré-

ligion, qui se répand toute
au-dehors, & qui n'a que le
corps & la superficie des
bonnes œuvres ; tout estoit
intérieur en luy. Loin d'icy
cette pieté d'imitation & de
complaisance, qui porte dans
le Sanctuaire, des vœux in-
teressez & profanes, qui sous
un feint amour de Dieu,
couvrant les desirs & les esperances du siécle, fait servir les Mystéres & les Sacremens de JESUS-CHRIST,
à l'ambition & à la fortune
des pecheurs par une affecta-
tion sacrilége. Qui de vous
oseroit le soupçonner de respect humain, ou d'hypocrisie ?

Il cherchoit Dieu, selon
2. Cor. c. 1. le conseil de l'Apostre, dans

la simplicité , & la sincérité de son cœur. Y eut-il jamais une foy plus vive que
la sienne ? On eût dit qu'il
voyoit à découvert les véritez du Christianisme , tant il
en estoit persuadé. Il les croyoit & les aimoit. L'insensé
ferma devant luy ses lévres
impies , & retenant sous un
silence forcé, ses vaines & sa-
criléges pensées , se contenta de dire en son cœur :
Il n'y a point de Dieu. Il
assistoit tous les jours au saint
Sacrifice ; & son attention &
sa modestie imprimoient le
respect aux ames les moins
touchées de la réverence
du lieu , & de la sainteté du
culte. Nous l'avons veu
frappé de ces murmures im-

portuns , qui interrompent les oraiſons des Fidéles , & troublent dans la Maiſon de Dieu , le vénérable ſilence des ſaints Myſtéres , ſe lever avec indignation ; & faiſant l'office des anciens Diacres de l'Egliſe , ordonner qu'on fléchît les genoux : & qu'on ſe tût devant la Majeſté preſente , qui pour être cachée , n'en étoit pas moins redoutable.

Y eut-il jamais d'adoration plus ſpirituelle & plus véritable , que celle qu'il rendoit à Dieu ? Il le reconnoiſſoit comme ſa fin & ſon origine ; & quoy qu'il eût pour luy cét amour de préference qui luy donnoit un empire abſolu ſur ſes volontez , il fe reprochoit de n'avoir pas pour luy toute la tendreffe , & toute la fen- fibilité qu'il reffentoit pour fes amis. Avec quelle effu- fion de cœur luy exprimoit- il fes neceffitez fpirituelles , & celles de fa famille dans ces priéres pures & tendres qu'il avoit compofées luy- mefme , pour implorer fes mifericordes , ou pour luy of- frir fes vœux & fes reconnoif- fances.

D'où puifoit-il toutes ces lumiéres ? de la Loy , qui en eft la fource éternelle. Il avoit lû cent treize fois le nouveau Teftament de JE- SUS-CHRIST , avec appli- cation , & avec refpect. Mi- niftres de fa parole , deftinez

à la difpenſer à ſes peuples,
l'avons-nous lûë , l'avons-
nous meditée ſi ſouvent ? Les
premiers Chreſtiens faiſoient
autrefois enterrer avec eux
les Livres des Evangiles ,
portant juſques dans le tombeau , le treſor de leur foy,
& le gage de leur réſur-
rection éternelle ; & celuy
que nous loüions aujourd'huy,
les tint juſqu'à ſa mort , entre ſes mains , & voulut ex-
pirer , pour ainſi dire, dans
le ſein de la vérité , & de
la miſericorde de JESUS-
CHRIST.

C'eſt icy , MESSIEURS ,
l'endroit ſenſible de mon diſcours. Ne craignez pas pourtant , que je me livre à ma
douleur. J'ay vû cette grande

de misericorde que Dieu lui
avoit reservée, & j'ai pour
moi toutes les consolations
de la foi, & de l'espe-
rance des Ecritures : dans
la gloire d'une reputation,
qu'une vertu consommée lui
avoit acquise, & que l'envie n'osoit plus lui disputer : dans une vigueur d'esprit & de corps, que l'â-
ge & les maladies sembloient
avoir jusques-là respectée, il
tombe tout-à-coup dans ces
ennuyeuses douleurs, où l'on
souffre sans secours, & sans
intervalle. La respiration qui
nous fait vivre, le fait
mourir à tous momens. Les
nuits plus tristes que les
jours, lui ostent la dou-
ceur de la compagnie, & ne

Tome II. N

lui donnent pas celle du repos. Il ne peut ni s'étendre sur sa croix, ni trouver de situation, ni de remede qui le soulage. Quels furent ses sentimens de pieté dans ce temps de langueur & de patience !

Quel mépris du monde & de ses vanitez ! il comptoit ses prosperitez temporelles, dont il avoit toûjours senti & le néant & le danger, & s'écrioit en soûpirant : *Seroit-il possible, mon Dieu, que ce fût-là ma recompense ?* Quelle horreur ! mais quel repentir du peché ! Il repassoit les années de sa vie dans l'amertume de son ame : & se réveillant dans ses réflexions de penitence : *Quatre-vingts ans ,* difoit-il *, quatre-vingts ans , Seigneur , paffez à vous offenfer !* Quelquefois fe défiant de fon propre cœur, & craignant qu'il ne fût pas affez profondément touché , il difoit : *Vous m'avez appris dans vos Ecritures , que le cœur de l'homme eſt impenetrable, le mien n'auroitil de pli & de repli que pour vous ? vous tromperois-je , me tromperois-je , ô mon Dieu?* Une fainte frayeur des Jugemens divins le faififfoit. On voyoit fa foi dans fes yeux, & dans fes paroles. La confiance Chreftienne venant au fecours : *J'approche , ajoûtoit-il , du Trône de voſtre grace , je vous améne un*

Pecheur , qui ne merite point de pardon , mais vous m'ordonnés de le demander , la mifericorde en vous eft au deffus du jugement ; le fang de voftre Fils n'eft-il pas répandu pour moy , & n'eft-ce pas fa fonction d'effacer les pechez du monde?

Dans cette ferveur de piété , les heures fatales s'avancent. Encore un coup , divine Providence , eftois - je attendu ? eftois-je deftiné à eftre le témoin , & comme le Miniftre de fon Sacrifice ? Je vis ce vifage que la crainte de la mort ne fit point pâlir , ces yeux qui cherchérent la Croix de JESUS-CHRIST , & ces lévres qui la baiférent. Je vis

un cœur brifé de douleur dans
le Tribunal de la Penitence , pénetré de reconnoiffance & d'amour , à la vûë du
faint Viatique , touché des fain-
tes onctions , & des priéres
de l'Eglife. Je vis un Ifaac ,
levant avec peine fes mains
paternelles , pour bénir une
Fille , que la nature & la
piété ont attachée à tous fes
devoirs , auffi eftimable par
la tendreffe qu'elle eut pour
lui , que par l'attachement
qu'il eut pour elle ; & des
Enfans qui firent fa joye , &
qui feront un jour fa gloire. Je vis enfin , comment
meurt un Chreftien qui a bien
vêcu.

Que vous dirai-je , Mes-
sieurs , dans une cérémo-

nie auſſi lugubre , & auſſi é-
difiante que celle-ci ? Je
vous avertiray que le Monde eſt une figure trompeuſe
qui paſſe , & que vos ri-
cheſſes , vos plaiſirs , vos honneurs paſſent avec lui. Si la
reputation & la vertu pouvoient diſpenſer d'une loi
commune , l'illuſtre & la vertueuſe Julie vivroit encore
avec ſon Epoux : ce peu de
terre que nous voyons dans
cette Chapelle couvre ces
grands noms , & ces grands
mérites. Quel tombeau ren-
ferma jamais de ſi précieu-
ſes dépoüilles ? La mort a re-
joint ce qu'elle avoit ſéparé.
L'Epoux & l'Epouſe ne ſont
plus qu'une meſme cendre ;
& tandis que leurs Ames

teintes du Sang de JESUS-
CHRIST, répofent dans le
fein de la Paix, j'ofe le pré-
fumer ainfi de fon infinie
mifericorde, leurs offemens
humiliez dans la pouffiére
du fepulchre, felon le langage de l'Ecriture, fe réjoüif-
fent dans l'efperance de leur
entiére réünion, & de leur re-
furrection éternelle.

*Exultabunt
offa humilia-
ta. Pfal. 50.*

Offrés pourtant pour eux,
Preftres du Dieu vivant, vos
vœux & vos Sacrifices ; Et
vous, chaftes Epoufes de JE-
SUS-CHRIST, gardez reli-
gieufement ce dépôt facré,
arrofez-le des larmes de vôtre Penitence : attirez fur lui
quelques regards de l'Agneau
fans tache que vous fuivez,
quand il va s'immoler fur tous

ces Autels ; afin qu'étant pu-
rifiez par cette divine obla-
tion des reftes des fragilitez
humaines , ils chantent dans
le Ciel avec vous des mifericordes éternelles.

Fin des Oraifons Funebres.

EXTRAIT DU PRIVILEGE
du Roy.

PAR Lettres Patentes du Roy,
données à Verfailles le 14. jour
de Juillet 1690. fignées LE PETIT.
Il eft permis à Meffire Efprit Fléchier
nommé à l'Evêché de Nifmes , de
faire imprimer par tel Libraire qu'il
voudra

voudra choifir, *les Oraifons Funébres de feüe Madame l. Dauphine, de M. le Duc de Montaufie*, &c. pendant le temps de huit années confecutives, avec défenfes à toutes perfonnes de les imprimer ou faire imrimer fans fon confentement.

Ledit Seigneur a cedé le Privilege cy-deffus au Sieur DEZALLIER.

Regiftré fur le Livre de la Communauté des Libraires & Imprimeurs, le 30. Juillet 1690.

P. AUBOüY, Syndic.

Achevée d'imprime le 10. May 1691.